Aliocha

Aliocha

ÉTONNANTS • CLASSIQUES

HENRI TROYAT

Aliocha

Présentation, notes et dossier par
GEORGES BELLE *et* MAUD SIROIS-BELLE

GF Flammarion

Les contemporains
dans la même collection

© Flammarion, Paris, 1991 pour le texte.

© Flammarion, Paris, 1995 pour cette édition.

Édition revue, 2007.

ISBN : 978-2-0812-0864-3

SOMMAIRE

Aliocha

■ Le tsar de Russie Nicolas II.

De la Russie à la France :
le long chemin d'Henri Troyat

Henri Troyat, de son vrai nom Lev Tarassov, naît à Moscou le 1er novembre 1911. Il est le cadet de trois enfants : Olga a neuf ans de plus que lui, Alexandre, quatre. Leurs parents, originaires du sud de la Russie (le Caucase), sont de riches négociants en drap. Une famille unie et instruite, où les enfants, dès leur plus jeune âge, parlent le russe avec la nourrice et le français avec la gouvernante. Ainsi, selon les heures de la journée, passent-ils des légendes et des proverbes de leur pays à un enseignement et à une éducation de type européen.

Mais en 1914 la « sainte et grande » Russie bascule dans la tragédie. Sous le règne de Nicolas II, le pays entre en guerre (la Première Guerre mondiale), aux côtés des alliés (notamment français), contre les Allemands. À la suite des terribles défaites infligées à son armée et face aux graves conflits intérieurs (politiques et économiques) qui se multiplient dans l'empire, le tsar abdique en mars 1917. En octobre de la même année la révolution éclate ; Lénine, à la tête des bolcheviks, prend le pouvoir. La guerre civile oppose alors forces communistes (les Rouges) et partisans de l'empereur (les Blancs). Menacés corps et biens, des centaines de milliers de Russes monarchistes et libéraux fuient à l'étranger.

Parmi eux, les Tarassov. Commence pour la famille du jeune Henri Troyat une difficile et dangereuse errance ; elle espère trouver un refuge dans la Russie méridionale, près de la mer Noire. Mais l'heure de l'arrachement survient : les Tarassov sont contraints de partir pour la France. 1917-1920 : que de bouleversements pour Lev, alors âgé de six, sept et huit ans ! L'existence protégée dans la capitale suivie du raz de marée insurrectionnel, l'exode et l'exil, tout le frappe et le transforme.

Arrivée à Paris en 1920, sa famille s'installe à Neuilly-sur-Seine. Lev y mène ses études au lycée Pasteur. Joueur et curieux de tout, loin de se sentir dépaysé, il apprend bien, aimant parler, lire et écrire dans notre langue. Français au lycée, il redevient russe à la maison, où la nostalgie est grande, les privations nombreuses, dégradantes pour ses parents. Les années passent ainsi, soutenues par les résultats scolaires, les camarades de travail, d'excellents enseignants. Toutefois, pour quelques personnes égoïstes et mesquines, Lev reste un « sale petit étranger » – ce « parasite » allait obtenir le prix Goncourt à vingt-sept ans, être élu à l'Académie française à quarante-huit ans et être considéré par beaucoup de lecteurs comme l'un des plus grands romanciers français contemporains. C'est l'une de ces années de formation qu'évoque avec pudeur et émotion *Aliocha*.

Deux amis « impitoyables et inséparables »

À l'approche du grand âge, Henri Troyat se plaît à explorer l'univers avec les yeux du premier jour. Et il s'agit moins du monde qu'il a réellement connu que d'un monde intérieur transfiguré par l'imagination. *Aliocha* est un récit intime à demi jailli des songes, à demi inspiré par les souvenirs.

Le héros, Alexis Krapivine, dit Aliocha, ressemble bien sûr à l'adolescent qu'a été l'auteur ; par maints traits de caractère, il est aussi son contraire. À l'opposé de l'attitude conciliante du jeune Henri Troyat, Aliocha garde une susceptibilité farouche à l'égard de sa terre natale et se tient à distance de la Russie, de ses coutumes et de sa culture. Habitant en France, étudiant en français, il ne veut pas être tiré en arrière par un monde révolu, auquel, humilié, il se sent étranger.

En revanche, le déroulement de l'année 1924 (qui, pour les émigrés russes de Paris, débuta par la mort de Lénine et s'acheva par la reconnaissance française de l'URSS), les impressions de lycéen (disputes avec des camarades, cours et appréciation des professeurs, trajets de l'école à la maison où l'on discute entre garçons en regardant passer les filles) et la description de l'appartement familial, jugé étriqué et minable, tout cela paraît marqué du sceau du vécu. Vraie est aussi la sensation honteuse qu'Aliocha éprouve : dans ce pays d'accueil qu'il considère comme le sien, il croit vivre en porte à faux, comme un mutilé qui cacherait son mal à tous. Différent des autres par la faute des événements, serait-il un petit bâtard ingrat et ambitieux ? Où se situer et que faire ? Qu'attendre enfin de l'avenir ? Comme beaucoup de héros d'Henri Troyat, il reste à Aliocha le réconfort de la solitude et du silence, qu'habitent des rêveries et des lectures enthousiastes.

Alors qu'il pense n'intéresser personne, Aliocha voit un camarade – le premier de la classe – faire irruption dans sa vie. Un garçon infirme, intelligent, indépendant, qui le félicite pour ses notes et ses goûts. Il semble probable, même si l'auteur a pu croiser au lycée un tel condisciple, qu'avec le personnage de Thierry Gozelin le romanesque l'a emporté sur la réalité.

En classe, en famille, en vacances (à la montagne au cours de l'été), dans leurs chambres, dans les musées, Thierry et Aliocha n'en finissent pas de citer et de commenter livres et auteurs, de se recommander des titres, surtout nouveaux. Tout y passe : la prose, la poésie, même les aventures policières. Lire – une vraie école de liberté et d'art pour eux – les amène à se rêver écrivains. Quelle gloire sera alors la leur ! Quel bonheur de créer demain, au diapason des visions partagées ! Dans ce savoir et cette passion, le plus à l'aise n'est pas Aliocha. Comme il est fâché avec tout ce qui est slave, ne comptent pour lui que les lettres françaises. Plus mûr et disponible, Thierry l'incite à ne rien rejeter, surtout pas les grands Russes – qu'Aliocha peut et doit découvrir dans sa langue maternelle. Thierry lui envie fort cette chance... Ici percent les sources de l'amour de la littérature chez Henri Troyat, et se laisse deviner la naissance de sa vocation.

La prise de conscience d'un adolescent

Récit d'apprentissage, *Aliocha* est un roman familial et un roman sur l'amitié. Le récit prend l'allure d'une chronique historique : il se développe dans un cadre réaliste, décrit et daté avec précision. Les principaux personnages vivent cette année 1924 à l'écoute des affaires publiques, y compris Aliocha et Thierry, même si l'auteur avance que « rien d'autre ne les intéressait qu'eux-mêmes ».

Tout au long du roman sévit l'exil, celui que, dans la dignité, la gêne et les regrets, Georges Pavlovitch Krapivine et Hélène Fedorovna, les parents d'Aliocha, s'efforcent de supporter. C'est à travers le regard d'un jeune Russe qui se veut français « à part entière » que cet exil est relaté. Il faudra qu'adviennent de graves événements pour que la complexe et exigeante idée de patrie fasse son chemin dans le cœur d'Aliocha. D'où la singularité du récit : les conquêtes de l'enfant, aux prises avec un sentiment d'exclusion, tournent un moment le dos à la tendresse et à la souffrance des siens.

En dessinant le portrait d'Aliocha, un adolescent qui s'interroge sur son identité, Henri Troyat est allé à la rencontre de sa double appartenance russe et française. La compréhension de l'ami et la patience affectueuse des parents conduisent en effet le héros à s'accepter tel qu'il est, riche de deux mondes et de deux natures. Sans plus d'inquiétude, l'avenir se révèle possible. Thierry ne s'était pas trompé : tout exil surmonté se change en royaume prometteur.

Collection Flammarion

■ Henri Troyat.

CHRONOLOGIE

1911 2007
1911 2007

- Repères historiques et culturels
- Vie et œuvre de l'auteur

Repères historiques et culturels

1910	Mort de l'écrivain russe Léon Tolstoï.
1914-1918	Première Guerre mondiale.
Mars 1917	Sévères défaites de l'armée russe face aux forces allemandes et abdication de l'empereur Nicolas II.
Oct. 1917	Révolution russe : Lénine prend le pouvoir à la tête des bolcheviks (communistes). Début de la guerre civile.
17 juil. 1918	Exécution du tsar et de la famille impériale à Iekaterinbourg, en Sibérie. De nombreux Russes « blancs » (opposés au régime bolchevique) émigrent en Europe.
1923	Mort de Pierre Loti, auteur de *Pêcheur d'Islande*. Création de l'URSS. (Staline a été désigné secrétaire général du parti communiste en 1922.)
21 janv. 1924	Mort de Lénine.
3 fév. 1924	Reconnaissance de l'URSS par l'Angleterre.
Oct. 1924	Mort et funérailles nationales à Paris d'Anatole France, prix Nobel de littérature, auteur de *Les dieux ont soif* et de *L'Affaire Crainquebille*.
14 déc. 1924	Le drapeau rouge de l'URSS flotte sur l'ambassade russe (devenue soviétique) à Paris.

Vie et œuvre de l'auteur

1911 Naissance à Moscou, le 1er novembre, de Lev Tarassov, futur Henri Troyat. Troisième enfant d'un important négociant en drap.

1917-1920 Révolution d'Octobre 1917. Les Tarassov fuient dans le sud de la Russie, près de la mer Noire, puis se réfugient en France : difficile et dangereux exode familial qui durera deux ans : 1918-1920.

1921-1933 Enseignement secondaire au lycée Pasteur à Neuilly (baccalauréat en 1930), études de droit à Paris (licence en 1933). Encouragé par ses amis français, Lev commence à écrire.

1935 *Faux Jour*, premier roman et premier succès. Naturalisé français, Henri Troyat accomplit ses obligations militaires à Metz.

Repères historiques et culturels

1939-1945	Seconde Guerre mondiale.
1941	Mort de Maurice Leblanc, père du célèbre gentleman cambrioleur Arsène Lupin.
5 mars 1953	Mort de Staline.
1954	Mort et obsèques nationales de Colette, auteur du roman *Le Blé en herbe*.
25 mars 1957	Traité de Rome : naissance de la CEE.
1955-1964	Nikita Khrouchtchev, premier secrétaire du Comité central.
1963	Mort du poète et cinéaste Jean Cocteau, auteur de *Plain-Chant*.
1964	Léonide Brejnev, premier secrétaire du PCUS. Il le restera jusqu'en 1982.
9 nov. 1970	Mort du général de Gaulle.
10 mai 1981	François Mitterrand est élu président de la République.

Vie et œuvre de l'auteur

1938   Attribution du prix Goncourt à *L'Araigne*. L'auteur
             est fonctionnaire à la préfecture de la Seine.

1940   Première biographie : *Dostoïevski*.

1947-1950 Publication du premier cycle romanesque russe : *Tant que
             la terre durera...* Grand succès et consécration définitive
             de l'auteur.

1953-1958 Parution du premier cycle français : *Les Semailles et les
             Moissons*. Nouveau grand succès de vente.

21 mai 1959 Élection d'Henri Troyat à l'Académie française.

1963   Mort de sa mère, Lydie Tarassov.

1967   Mort de son père, Aslan Tarassov.

1977   Première biographie historique : *Catherine la Grande*.

1980   Parution de *Viou*, récit d'une fillette traumatisée par
             la mort de son père.

Repères historiques et culturels

1985-1991	Mikhaïl Gorbatchev, premier secrétaire du PCUS.
9 nov. 1989	Chute du mur de Berlin.
Juin 1991	Boris Eltsine est élu président de la Russie.
Août 1991	Putsch raté de Moscou.
Déc. 1991	Fin de l'Empire soviétique. Début de la Fédération de Russie.

Vie et œuvre de l'auteur

1988	Première biographie consacrée à un écrivain français : *Flaubert*.
1991	Publication d'*Aliocha*.
1992	Parution de *Youri*, récit d'un jeune garçon russe qui vit le terrible exode de 1918-1920 comme une aventure.
1995	Publication du *Défi d'Olga*.
2006	Parution de *La Traque*.
2007	2 mars : mort d'Henri Troyat à Paris.

Aliocha

À ma femme.

I

La nouvelle était si importante qu'Alexis se tortillait sur son banc, malade d'impatience à l'idée que ses parents n'en savaient rien encore. Enfin le roulement du tambour résonna derrière les vitres de la classe. Libre ! D'un bond, Alexis fut sur ses pieds, ramas-
5 sant cahiers et bouquins, les pliant dans son sous-cul [1] de tapisserie, les sanglant d'une courroie. À quatorze ans et demi, élève de troi-sième, il se considérait comme un étudiant. D'ailleurs, il ne portait plus de culottes courtes, mais des knickerbockers [2]. C'était là une étape décisive dans sa vie. Déjà il se ruait dans le couloir en bouscu-
10 lant ses camarades. Une fois sur le boulevard d'Inkermann, il se mit à courir pour arriver plus vite à la maison. Il n'habitait pas très loin du lycée Pasteur. Mais, en débouchant avenue du Roule, il s'arrêta, le souffle coupé : l'émotion sans doute. Il regardait autour de lui et s'étonnait que les passants eussent des visages paisibles alors qu'une
15 telle joie l'agitait. Toute la ville de Neuilly semblait engourdie dans le froid et l'indifférence, avec ses immeubles cossus, ses arbres dénudés et ses rues larges où glissait, de temps à autre, une automobile.

Alexis imagina la fierté de ses parents lorsqu'il leur crierait, dès le seuil, qu'il était deuxième en composition française. Jamais

---

1. *Sous-cul* : morceaux de tapisserie assemblés sous forme de pochette dans laquelle étaient glissés livres et cahiers ; serré par une sangle, on le portait à la main ou sous le bras ; on pouvait s'en servir comme d'un coussin.
2. *Knickerbockers* : culottes larges, serrées au genou, dites aussi culottes de golf.

20 encore il n'avait remporté un tel succès dans ses études : quinze
sur vingt ! D'habitude, il se contentait de la moyenne. Et soudain, le voici sur le podium. M. Colinard l'avait félicité devant
toute la classe : «Alexis Krapivine, vous êtes en progrès. Votre
copie est même excellente. S'il n'y avait eu vos défaillances en
25 orthographe, je vous aurais mis premier *ex aequo* avec Thierry
Gozelin.»

Pour Thierry Gozelin, c'était normal : il écrasait la classe par
son savoir et son intelligence. Toujours le nez dans des livres.
Alexis, lui aussi, aimait lire. Mais pas au point d'oublier les autres
30 plaisirs de l'existence. Il se remit à courir, dépassa l'église Saint-
Pierre, la mairie et s'arrêta, avenue Sainte-Foy, au pied d'une
façade grise, sévère, anonyme, percée de fenêtres toutes sem-
blables. Dédaignant l'ascenseur, il gravit trois étages d'un seul
élan et se planta, le cœur battant vite, devant la porte. Une carte
35 de visite était fixée par des punaises au-dessus de la sonnette :
Georges Pavlovitch Krapivine. Alexis reprit sa respiration. Une
phrase lui brûlait les lèvres : «Maman, papa, je suis deuxième en
français !» Il dirait cela en russe, bien sûr. Ses parents craignaient
qu'il n'oubliât sa langue maternelle, au lycée. Eux-mêmes par-
40 laient le français avec aisance, mais ils n'avaient jamais pu se
corriger de leur accent. Alexis les reprenait parfois en riant. Pour
lui, le russe faisait partie du folklore familial. On s'en servait à la
maison, mais la langue de la vie, la langue de l'avenir, c'était celle
qui bourdonnait dans la rue, au lycée. Il sonna. Pas de réponse.
45 Deux fois, trois fois. Rien… Heureusement, en cas d'absence, la
clé était sous le paillasson. Il ouvrit la porte, entra et, aussitôt,
une odeur casanière lui remua le cœur. Sans doute ses parents
étaient-ils sortis juste avant le déjeuner pour faire une course dans
le quartier. Ils n'allaient pas tarder à revenir.

50 Déçu par ce contretemps, il tourna pendant quelques minutes
dans les deux pièces de l'appartement et, ne sachant que faire, se
laissa tomber dans l'unique fauteuil du salon-salle à manger.
C'était là qu'il couchait, la nuit, sur un divan drapé d'un plaid

grenat à franges, là qu'il préparait ses devoirs, là qu'on prenait
55 les repas en famille. Aux murs, des gravures représentant des
paysages de Russie, des photographies anciennes, une lithogra-
phie en couleurs de Nicolas II*, le tsar* martyr, toute la panoplie
de l'émigration. Dans un angle, une icône* avec sa veilleuse en
verre rouge suspendue par des chaînettes d'argent. Les parents
60 avaient leur chambre à côté. Ils recevaient peu de monde. Rien
que des Russes qui parlaient du passé en buvant de la vodka*.

De nouveau, Alexis pensa à sa place de deuxième, et une
bouffée d'orgueil lui jeta le sang aux joues : « Que font-ils ? Je
n'en peux plus d'attendre ! » Pour gagner du temps, il décida de
65 dresser la table. Il achevait de disposer les couverts sur la vieille
nappe de toile cirée à carreaux rouges et blancs, tailladée et marquée de brûlures de cigarette, quand il entendit la porte d'entrée
qui s'ouvrait en battant contre le mur. Aussitôt il se précipita
dans le vestibule. Sa mère, blonde et plantureuse, le visage rose
70 de froid, son père, grand, maigre, les cheveux coupés en brosse,
étaient devant lui, prêts à recevoir la révélation de la journée.
Sans même prendre la peine de les embrasser, Alexis cria, les
yeux hors de la tête :

– Je suis deuxième en français !

75 Cette annonce ne parut pas les émouvoir. Avaient-ils seulement compris ce qu'il venait de leur dire ? Ils avaient tous deux
un air à la fois solennel et joyeux. Georges Pavlovitch Krapivine
brandit un journal et dit d'une voix forte :

– Nous aussi, nous avons une grande nouvelle à t'apprendre,
80 Aliocha* : Lénine* est mort !

Après une seconde de stupéfaction, Alexis se sentit misérable-
ment dégrisé. De toute évidence, il n'y avait pas de commune
mesure entre sa place de deuxième et la disparition du maître de
la Russie. Lénine lui volait son effet. Que n'avait-il attendu deux
85 ou trois jours pour claquer, celui-là ? Au lieu de féliciter son fils,
Georges Pavlovitch déposait une liasse de journaux sur la table et
poursuivait avec entrain :

– Toutes les gazettes l'annoncent en première page. Ce chien a crevé avant-hier soir, 21 janvier 1924. La Russie soviétique* est, paraît-il, en deuil. Mais pour nous, ici, c'est jour de fête ! Maintenant, tous les espoirs sont permis !

Hélène Fedorovna intervint avec douceur :

– Ne t'emballe pas, Georges. Cela fait deux ans que Lénine n'exerçait plus aucun pouvoir. Hier, il était malade, paralysé ; aujourd'hui, il est mort : où est la différence ? Un triumvirat le remplaçait déjà de son vivant. Zinoviev et ses acolytes continueront la même politique…

– Pas sûr ! Pas sûr ! rétorqua Georges Pavlovitch en claquant des doigts. Le peuple vénérait et craignait Lénine. Lui disparu, tout l'édifice peut se lézarder !

Alexis observait son père, toujours si enthousiaste, sa mère, toujours si prudente, et constatait avec tristesse qu'il était très loin de l'un comme de l'autre. Qu'avait-il à faire de Lénine ? Pourquoi voulait-on qu'il se préoccupât encore de ce qui se passait en URSS* ? Pour couper court à la discussion de ses parents, il murmura :

– Maman, ne pourrait-on se mettre à table ? Je dois retourner à la boîte tout à l'heure…

– Mais oui, où avais-je la tête ? s'écria Hélène Fedorovna. Ce sera vite fait. Tout est froid : jambon, œufs durs, salade…

– Maigre menu, mais ce soir nous nous rattraperons, décréta Georges Pavlovitch. Jamais aucune mort ne m'a fait autant de plaisir ! Nous allons arroser l'événement au champagne. Et je demanderai aux Bolotov de venir. Ils sont très proches de Miliou-kov, qui dirige *Les Dernières Nouvelles*. Sûrement ils ont des informations de première main. Ce sera fort intéressant !…

Tout à coup, il se souvint de son fils et ajouta en lui appliquant une tape sur l'épaule :

– Nous boirons également à ton succès, mon cher !

Baissant la tête, Alexis bredouilla :

– Merci, papa.

Il avait envie de pleurer. Pressé de retrouver ses copains du lycée, il renonça à l'œuf dur, avala son jambon, sa salade en trois coups de fourchette, but un verre d'eau et repartit, laissant son
125 père et sa mère à leur rêverie russe.

En classe, il écouta distraitement une leçon de géographie, échangea quelques billets confidentiels avec son voisin, Lavalette, et, lorsque les élèves descendirent dans la cour pour la récréation, se mêla à un groupe qui parlait de la prochaine ouverture de la
130 Semaine internationale des jeux d'hiver à Chamonix. On citait des noms de champions norvégiens, finlandais, américains… Alexis interrompit ses camarades pour leur demander s'ils savaient que Lénine était mort. Tous avouèrent que non. L'événement ne les intéressait pas. Certains ignoraient même qui était
135 Lénine. Une fois de plus, Alexis mesura la distance qui le séparait de ces Français insouciants. Autour d'eux, la cour n'était que clameurs, brèves bagarres, courses éperdues et lancers de balles. Entre-temps, Thierry Gozelin s'était approché des garçons qui discutaient avec Alexis.

140 – Pour Lénine, je suis au courant, dit-il.

– Et qu'est-ce que tu en penses ? demanda Alexis.

Thierry Gozelin fronça les sourcils, ce qui le vieillit d'au moins trois ans. Il avait un visage aigu au nez d'aigle, l'œil noir perçant et le cheveu plat. Sa poitrine était creuse. Une bosse déformait son
145 dos. En raison de son infirmité, il était dispensé de gymnastique. Personne ne l'aimait en classe, mais ses bonnes notes et son assurance tranquille en imposaient aux moqueurs. Il raflerait sûrement tous les prix, en fin d'année.

– C'est très important sur le plan international, affirma-t-il
150 gravement.

Un éclat de rire imbécile accueillit cette sentence. Thierry Gozelin haussa les épaules et s'éloigna, dédaigneux, solitaire. Alexis le rattrapa.

– Mes parents pensent comme toi, dit-il.

155   – J'en étais sûr ! Je suppose que tous les Russes blancs*
pavoisent, en ce moment !

    – Oui.

    – Et toi, Krapivine ?

    – Moi, je ne sais pas ! soupira Alexis. C'est si loin ! J'ai l'impres-
160 sion que ça ne me concerne pas, que ça ne me concerne plus, tu
comprends ?

    Déjà le concierge battait le tambour. La récréation était termi-
née. Alexis et Thierry Gozelin rejoignirent leurs camarades qui se
mettaient en rangs pour rentrer en classe. Ils se retrouvèrent coude
165 à coude dans la double file.

    – On en reparlera, murmura Thierry Gozelin.

    Et, clignant de l'œil, il conclut :

    – Je suis content que tu sois deuxième en français. Mais j'aurais
été encore plus content si nous avions été premiers tous les deux !

170   Cette seule phrase illumina l'horizon d'Alexis. Pour la seconde
fois dans la journée, il venait de remporter une victoire sur tous ses
camarades. Il se demanda même s'il était plus heureux de sa place
en composition ou de l'amitié que lui manifestait un garçon aussi
remarquable que Thierry Gozelin. Marchant à côté de lui dans le
175 couloir, il lui serra la main avec force. Une main sèche et brûlante.

    Pendant le cours de sciences naturelles, il rêva à sa chance. De
temps à autre, il lorgnait par la fenêtre l'horloge du campanile avec
son inscription en lettres d'or sur fond noir, proclamant une vérité
de La Palice [1] : *Toutes les heures blessent, la dernière tue.*

180   Quand il regagna la maison, sa mère s'affairait dans la cuisine.
La table était déjà mise. Une nappe blanche remplaçait la toile
cirée. La fête s'annonçait exceptionnelle. Il y aurait du bortsch*,
des pirojki*, et du bœuf Stroganoff*. Georges Pavlovitch n'était
pas encore rentré de sa tournée : il était représentant en articles de

---

1. *Vérité de La Palice* : Jacques II de Chabannes, seigneur de La Palisse (ou
Palice), maréchal de France (vers 1470-1525), tué à Pavie. D'une chanson
composée par ses soldats en son honneur, on ne retint avec le temps que
l'évidente naïveté. D'où « vérité de La Palice » pour désigner une évidence.

185 bureau. Une situation humiliante qui l'obligeait à faire du porte à porte. Mais il ne s'en plaignait pas. Tout au plus accusait-il, le soir, un peu de fatigue parce qu'il avait grimpé trop d'étages et essuyé trop de rebuffades. Cette fois, il reparut, sur le coup de sept heures, frais et allègre, deux bouteilles de champagne au bout des
190 bras.

– Bonne journée ! dit-il. Mon carnet de commandes est plein. Cette canaille de Lénine m'a porté chance !

Et il glissa les bouteilles de champagne dans la glacière.

Les Bolotov arrivèrent à huit heures, lui petit et gros, avec une
195 face de pleine lune, elle sémillante et bavarde, le chignon haut perché et les doigts chargés de bagues. À table, il ne fut question, bien entendu, que de politique. Dans le mouvement de la passion, personne ne prêtait attention à la nourriture. Pourtant, c'était rudement bon ! Alexis mangeait comme quatre tandis que,
200 devant lui, on énumérait les crimes de Lénine. Ce chef dogmatique et cruel avait des millions d'exécutions sommaires sur la conscience. Il était responsable de la famine, du délabrement, de la terreur qui régnaient en Russie soviétique. Si le peuple pleurait officiellement la disparition de l'impitoyable dictateur, dans les
205 isbas* on devait se féliciter de ne l'avoir plus sur le dos. Toutefois, selon M. Bolotov, la « troïka* » Zinoviev, Kamenev, Staline continuerait l'œuvre du défunt avec une volonté inflexible. Georges Pavlovitch, en revanche, s'obstinait à prétendre que c'était « le commencement de la fin ».

210 – Vous verrez, s'écria-t-il en remplissant les verres de vodka, Lénine mort il y aura des intrigues, des règlements de comptes, une révolution de palais et, à ce désordre dans les sphères dirigeantes, répondra un soulèvement populaire tel que les émigrés pourront rentrer chez eux, la tête haute. Évidemment, nous ne
215 retrouverons pas tous nos biens. Mais nous recevrons un dédommagement substantiel. Et surtout nous participerons à la reconstruction de notre chère patrie !

– Dieu t'entende, Georges ! dit M. Bolotov. Mais je crois que tu prends tes désirs pour des réalités.

220   – Pas du tout ! Pas du tout ! J'ai confiance en notre étoile !

Il courut chercher le champagne et posa triomphalement les deux bouteilles sur la table. Alexis lut sur l'étiquette : *Vin mousseux de qualité supérieure.* Puis, levant les yeux, il regarda, sur le mur d'en face, le portrait de Nicolas II. Le tsar considérait avec
225   tristesse cette fête prématurée. On trinqua à la résurrection de la Sainte-Russie*. Alexis eut droit, lui aussi, à un doigt de vin pétillant. La tête lui tournait un peu au milieu de cette gaieté insolite. En voyant ses parents si heureux, si confiants, il se demandait s'ils avaient toute leur raison.

230   – Ah ! retourner chez soi ! murmura sa mère. Entendre de nouveau parler russe dans la rue, dans les magasins, fouler le sol qui vous a vu naître, respirer l'air de nos campagnes, est-ce possible ?

– Je suis comme vous, dit Mme Bolotov. J'adore la France. Mais je ne regretterais rien si je devais la quitter. Les Français
235   nous supportent, ils ne nous aiment pas.

– Ils s'amusent dans les cabarets russes, renchérit M. Bolotov, applaudissent les ballets de Diaghilev, mais, derrière notre dos, ils nous reprochent de leur ôter le pain de la bouche. Au fait, avez-vous des nouvelles de votre affaire de Londres ?

240   – Aucune, dit Georges Pavlovitch. Tous les prétextes sont bons aux Anglais pour ne pas payer !...

Alexis avait souvent entendu ses parents se plaindre de la mauvaise foi d'une certaine banque de Londres qui refusait de restituer à la « Compagnie pour le développement des échanges internatio-
245   naux » les capitaux que cette société avait déposés à son compte juste avant la révolution bolchevique*. Georges Pavlovitch possédait quelques actions de l'entreprise défunte. Mais, devant l'obstination des financiers britanniques, il avait mis une croix sur tout espoir de remboursement.

250   – Ne parlons plus de cette chimère, reprit-il gaiement. Nous avons d'autres sujets de satisfaction. Je vous annonce que mon

fils a récolté de bonnes notes en français, ce matin. Nous allons porter un toast en son honneur !

Et, levant son verre, il déclara, la face épanouie :

255   – Je bois à ton succès, Aliocha. Et je souhaite que tu achèves brillamment tes études, mais de préférence dans une université russe, après notre retour là-bas !

Tout le monde applaudit. Alexis se dressa, remercia, avala un fond de mousseux qui lui piqua la gorge et se rassit, le cœur lourd.

260   Déjà on l'avait oublié et il n'y en avait de nouveau que pour les forfaits de Lénine.

Les Bolotov ne se retirèrent qu'à minuit. Alexis aida ses parents à débarrasser la table et à faire la vaisselle. Dieu merci, le lendemain était un jeudi. Il n'avait pas classe. Après qu'il se fut couché

265   dans son divan-lit, sa mère le bénit d'un signe de croix. Il la trouvait belle, avec son visage placide, aux tendres yeux bleus, et ses mains longues, potelées, à la chair blanche marquée de fossettes. Elle sortit sur la pointe des pieds. La salle à manger sentait encore le bortsch et la fumée de cigarette. Alexis éteignit la lampe de

270   chevet. Seule devant lui, là-haut, la petite flamme de la veilleuse, sous l'icône, perçait les ténèbres. Les yeux fixés sur cette lumière tremblotante, il s'efforçait de mettre de l'ordre dans ses idées. Mais tout se mélangeait dans sa tête, la mort du « tsar rouge* » Lénine, sa place de deuxième en français, la déclaration de Thierry Gozelin,

275   les discussions politiques autour de la table... Était-il possible qu'à la faveur d'un changement de régime toute la famille abandonnât la France pour retourner vivre à Moscou ? Ses parents l'espéraient avec une ferveur touchante. Mais lui, que deviendrait-il s'il devait renoncer au lycée, à ses camarades, à la langue française, à l'amitié

280   de Thierry Gozelin ? Pour la première fois de sa vie, il se dit que le bonheur de ses parents ne coïncidait pas nécessairement avec le sien. Leurs routes divergeaient. Qu'avait-il à faire de la Russie ?

Avec effort, il essaya de réveiller sa mémoire. Depuis quatre ans qu'il était arrivé à Paris, ses souvenirs d'enfance s'étaient

285   comme délavés et effilochés. Il revoyait confusément une grande

maison, à Moscou, des domestiques aux visages obséquieux, sa nounou, la *niania**, Marfa, dont les histoires, les dictons, les berceuses populaires avaient charmé ses premières années, le précepteur français, M. Poupard, qui l'emmenait se promener sous les
290 tilleuls du jardin Alexandre, une course en traîneau dans la neige avec ses parents... Son père possédait des usines de filature et tissage. On était riche. Tous les soirs, il y avait des invités à la table familiale. L'avenir paraissait aussi clair qu'une matinée de printemps. En revenant du bureau, Georges Pavlovitch prenait
295 son fils sur ses genoux. «Quand tu seras grand, tu me succéderas à la tête de l'affaire!» lui disait-il avec fierté. Il n'avait pas été mobilisé en 1914, parce que son entreprise travaillait pour l'armée. Puis, lui d'ordinaire si gai, il était devenu soucieux. On ne riait plus à la maison. Les invités se faisaient rares. Et soudain la
300 révolution, les combats de rue, la fuite éperdue à travers le pays déchiré par la guerre civile. De ce chaos d'images violentes surnageaient, pour Alexis, des visions de wagons à bestiaux bourrés de moujiks* hostiles, de rafiots [1] secoués par la tempête, de longues files de réfugiés piétinant dans la poussière des bureaux.

305   Enfin, à Paris, on avait déposé les valises. Persuadés que leur exil serait de courte durée, les Krapivine avaient joyeusement dépensé le peu d'argent qu'ils avaient pu sauver du désastre. Alexis se rappelait qu'à cette époque ses parents sortaient presque chaque soir. Le matin, il retrouvait, au pied de son lit, des accessoires
310 de cotillon [2] qu'ils avaient rapportés de quelque cabaret à la mode. Puis la gêne s'était installée. Les bolcheviks* tenaient bon en Russie. L'espoir d'un prochain retour s'éloignant, il avait fallu se restreindre. On avait troqué le somptueux appartement de l'avenue du Roule, à Neuilly, contre le modeste deux-pièces de
315 l'avenue Sainte-Foy. Le premier était loué meublé, le second vide. Lits, tables, chaises, armoires, ustensiles de cuisine, on avait dû

---

1. Rafiots : mauvais navires.
2. Accessoires de cotillon : confettis, serpentins utilisés dans les bals, les fêtes.

tout acheter à bas prix avant de procéder à l'emménagement. L'installation était sommaire. Alexis souffrait de n'avoir pas une chambre à lui où il pût s'isoler pour lire. Mais il avait conscience
320 des sacrifices que s'imposaient ses parents afin de l'envoyer au lycée. Les études coûtaient cher. Et Georges Pavlovitch gagnait petitement sa vie en vendant du papier carbone et des rubans de machine à écrire. N'était-il pas normal qu'il souhaitât retourner en Russie ? Non. Car, de toute évidence, il ne retrouverait là-bas
325 ni maison, ni fabrique, ni situation prépondérante. Il le reconnaissait lui-même dans ses moments de lucidité. Mais, aussitôt après, il enfourchait de nouveau son dada. Comment lui en vouloir ? Il était si bon, si généreux, si courageux ! Maman, plus posée, tempérait son exaltation. Somme toute, ils étaient heu-
330 reux, tous les trois, dans cette existence de restrictions et de grisaille. Plus heureux, peut-être, que beaucoup de Français. Oui, mais voilà, les Français étaient chez eux. Quand Alexis songeait à ses camarades de classe, il se disait que leur enfance avait été bien paisible en comparaison de la sienne. Ils n'avaient pas eu à
335 choisir entre deux patries. Ils étaient enracinés. Lui, il flottait. Et ni son père ni sa mère ne pouvaient le comprendre. Il se rappela l'ancien concierge de l'immeuble qui, voilà deux ans, l'avait traité de « sale petit étranger » parce qu'il chahutait, avec des copains, devant sa loge. L'insulte était restée fichée en lui, telle une flèche.
340 Quelle hargne sur le visage convulsé du cerbère[1] ! Se serait-il montré aussi insolent si les parents d'Alexis avaient été français ? Grâce au ciel, l'homme avait été congédié, le mois dernier, pour ivrognerie. Le nouveau concierge était plutôt aimable. Mais il ne savait pas prononcer correctement « Krapivine ». Il s'obstinait à
345 dire « Grapillefine », ce qui faisait beaucoup rire papa. Alexis, lui, ne trouvait pas cela drôle. Quand le concierge écorchait son nom, il se sentait ridiculisé à cause de ses origines.

Il ralluma sa lampe de chevet et prit un livre sur la tablette du divan. C'était un choix de poésies de Victor Hugo qu'il avait

---

1. *Cerbère* : ici, portier brutal, gardien intraitable.

emprunté à la bibliothèque de la classe. Il l'ouvrit au hasard et
tomba sur *Les Djinns* [1]. Dès les premiers vers, il fut bouleversé. Il
remuait les lèvres en lisant. Une musique, d'abord très douce,
puis de plus en plus ample, le pénétrait. Arrivé à la fin, il décida
de demander à Thierry Gozelin s'il connaissait ce poème. Au
besoin, il lui prêterait le bouquin. Ensuite, ils en discuteraient
dans la cour de récréation. Cette idée lui fit oublier Lénine et le
« sale petit étranger », et il éteignit la lampe avec le sentiment que
de grandes joies l'attendaient encore dans la vie.

II

Selon l'usage instauré par M. Colinard, tous les samedis matin
la classe de français était consacrée à ce qu'il appelait l'« expression libre ». Chaque élève devait réciter devant ses camarades une
poésie de son choix. Alexis avait été tellement subjugué par *Les
Djinns* qu'il décida de les apprendre par cœur. Profitant d'une
récréation, il fit part de son projet à Thierry Gozelin. Celui-ci eut
une moue dédaigneuse.

– Je connais, dit-il. C'est un brillant exercice de versification.
Un tour de force, si tu veux. Mais il n'y a rien derrière. Du clin-
quant !

– Moi, ça me plaît beaucoup ! rétorqua Alexis. Je trouve que
c'est comme un orchestre qui jouerait d'abord en sourdine, puis
à tout casser, puis de nouveau en sourdine.

– Tu sais qu'il était très jeune quand il a écrit ça ?

– C'est encore plus formidable ! Et toi, que vas-tu réciter ?

– Un truc de Vigny : *La Mort du loup.*

– C'est bien ?

– C'est très philosophique, dit Thierry Gozelin avec un rien
de suffisance.

---

1. *Djinns* : esprits de l'air, bons génies ou démons, dans les croyances arabes.

■ Lénine à Moscou, le 1er mai 1919.

20 Quoique déçu de n'être pas mieux encouragé par son ami, Alexis
se cramponna à son idée. Le soir même, après le dîner, la vaisselle
lavée et rangée, il se mit en devoir d'apprendre *Les Djinns*. Le livre à
la main, il déclamait avec force en marchant d'un bout à l'autre de la
salle à manger. Son père et sa mère s'étaient réfugiés dans leur
25 chambre afin de lui laisser le champ libre. Mais la porte de communi-
cation était restée entrouverte. Ils l'écoutaient sans doute et parta-
geaient son enthousiasme pour le génie de Victor Hugo. Cela le
soutenait dans l'effort qu'il s'imposait pour retenir cette longue suite
de vers aux cadences inégales. À un moment, l'exercice lui parut si
30 difficile qu'il fut sur le point d'y renoncer. Poussant la porte, il alla
chercher conseil auprès de ses parents. Il trouva sa mère en train de
lire un livre russe et son père plongé dans un journal, russe également. L'avaient-ils seulement entendu ? À tout hasard il s'enquit :

– Qu'est-ce que vous en pensez ?

35 – De quoi ? demanda Hélène Fedorovna.

– De ce poème…, *Les Djinns*…

– Excuse-moi, Aliocha, je n'ai pas fait attention, j'étais tellement prise par ce que je lisais : *La Mort d'Ivan Ilitch* de Tolstoï.
C'est bouleversant ! Il faudra absolument qu'un jour ou l'autre tu
40 découvres les grands écrivains de ton pays. Et pas dans une traduction française. En russe, en russe évidemment pour en saisir
toute la saveur !

S'il parlait couramment le russe, Alexis le lisait avec difficulté,
et il n'avait nulle envie de se soumettre à une initiation aussi
45 pénible qu'inutile. Pour couper court aux suggestions de sa mère,
il marmonna :

– Oui, oui, d'accord… Mais pour l'instant je suis dans Victor
Hugo jusqu'au cou ! C'est sublime !

Et, désappointé, vexé, il retourna dans la salle à manger avec
50 l'impression que ses parents venaient d'offenser la France.

Pendant plus d'une heure, il poursuivit avec opiniâtreté
l'étude, strophe par strophe, du poème. Plus il le ressassait, plus
il se persuadait de son extraordinaire valeur musicale.

Le samedi matin, il était fin prêt. Quand vint son tour de récita-
55 tion, il se dressa, malade d'anxiété, au milieu de la classe qui faisait
silence. Ce fut d'un ton à peine perceptible qu'il commença :

> *Murs, ville*
> *Et port,*
> *Asile*
60 > *De mort…*

À mesure que les vers s'allongeaient, sa voix devenait plus
forte. Quand il en arriva aux alexandrins, il cria de toute sa
poitrine pour évoquer le vacarme que faisaient les «démons du
65 soir» en assaillant la maison :

> *Cris de l'enfer ! Voix qui hurle et qui pleure !*
> *L'horrible essaim, poussé par l'aquilon,*
> *Sans doute, ô ciel ! s'abat sur ma demeure.*
> *Le mur fléchit sous le noir bataillon…*

70 Autour de lui, les élèves ricanaient. Réputé pour ses grimaces,
un certain Dugazon se dandinait sur son banc, les mains croisées
à hauteur de la poitrine et les yeux révulsés, comme s'il eût suc-
combé à l'extase poétique. Alexis craignit d'en faire trop. Mais un
regard à M. Colinard le rassura. Le professeur lui souriait avec
75 sympathie. À présent, Alexis revenait progressivement à une diction plus sourde, moins martelée.

Les Djinns s'éloignaient, leur rumeur se fondait dans le calme
de la nuit :

> *Tout passe ;*
80 > *L'espace*
> *Efface*
> *Le bruit.*

Il se tut et les ricanements redoublèrent. M. Colinard, qui
avait un visage poupin au-dessus d'un faux col dur aux coins
85 cassés, tapa le rebord de sa chaire avec une règle :

– Silence ! C'est très bien, Krapivine ! Vous avez pris la peine de mettre de l'intonation ! Dix-sept sur vingt.

Au sommet du triomphe, Alexis maîtrisait mal les soubresauts de son cœur.

90 En se rasseyant, il vit Thierry Gozelin qui s'était retourné sur son banc, trois rangs devant lui, et faisait mine de l'applaudir. Que pouvait-il souhaiter de mieux ? Cinq minutes plus tard, c'était son ami qui se levait pour réciter un fragment de *La Mort du loup*.

Thierry Gozelin avait un buste court, sans doute à cause de 95 sa bosse, et de longues jambes. Assis, il paraissait petit, debout il avait une taille normale. Croisant les bras sur la poitrine, il attaqua :

Le loup vient et s'assied, les deux jambes dressées
Par leurs ongles crochus dans le sable enfoncées...

100 Sa voix était monocorde. Il buta à trois reprises sur son texte et ne reçut qu'un quatorze. À la récréation, il félicita Alexis.

– Je ne suis pas fort en récitation, dit-il. Mais que penses-tu du poème ?

– Très beau, répondit Alexis. Surtout quand ça parle de la 105 façon dont il faut quitter la vie.

– Oui. Un noble exemple de courage. C'est pour ça que je l'ai choisi. Chacun de nous devrait s'en inspirer au moment de mourir.

– Tu réfléchis souvent à la mort ?

– Oui. Et toi ?

110 – Moi aussi, affirma Alexis avec élan.

En vérité, il n'y songeait guère, mais il éprouvait le besoin de se mettre au diapason de son ami. Ils restèrent un moment silencieux, savourant le plaisir du désespoir métaphysique au milieu de la gaminerie générale. Leurs camarades jouaient, plus loin, au 115 foot. Soudain, un grand de première, une brute nommée Neyrat, intercepta le ballon et, en s'enfuyant, bouscula Thierry Gozelin, qui perdit l'équilibre et tomba lourdement sur le gravier de la cour. Immédiatement, Alexis se jeta à la poursuite de Neyrat et, le saisissant par le bras, lui cria en pleine face :

120 — Tu ne peux pas faire attention, espèce de salaud ?

Neyrat se dégagea d'un coup sec et planta son poing sous le nez d'Alexis :

— Toi, le bolchevik, tu vas fermer ta gueule si tu ne veux pas que je t'écrase comme une punaise !

125 — Je ne suis pas un bolchevik ! hurla Alexis, indigné. Je suis un Russe blanc* !

— Tous les Russes sont des traîtres ! rétorqua Neyrat. Ils nous ont bien laissés choir en 17 !

— Les Rouges* vous ont laissés choir, pas les Blancs ! Les
130 Blancs, au contraire, voulaient continuer la guerre avec vous !

— Rouges, Blancs, je les mets dans le même sac, moi ! Vous êtes de sales étrangers, voilà tout ! Allez, fous-moi le camp, morveux ! Retourne dans tes steppes !

Et il repoussa rudement Alexis, tandis qu'un surveillant
135 s'approchait à pas comptés.

— Pas de bagarre ! Dispersez-vous ! dit le pion débonnaire.

Neyrat donna un coup de pied dans le ballon et s'éloigna en roulant des épaules. Thierry Gozelin s'était relevé et époussetait ses vêtements. Il avait une égratignure à la joue.

140 — C'est très chic d'avoir pris ma défense, murmura-t-il. Mais ça n'en valait pas la peine. J'ai entendu ce que disait cet abruti. Personne ne pense comme lui. Tous les gens sensés font la différence entre nos alliés de Russie et ceux qui nous ont lâchés.

— Je n'en suis pas sûr, répliqua Alexis.

145 — Mais si, mais si… Des Neyrat, il y en aura toujours… Ils ne comptent pas… Méprise-les, c'est tout ce qu'ils méritent…

— Tu t'es égratigné la joue…

— Ce n'est rien, dit Thierry Gozelin en pressant son mouchoir sur son visage.

150 Et soudain un sourire joyeux fit luire ses dents au milieu de sa figure étroite.

– Je voudrais que tu viennes à la maison, demain dimanche, reprit-il. Je te présenterai à mes parents.

Cette proposition inattendue stupéfia Alexis. Il hésitait entre le
155 bonheur et la confusion. Jamais encore il n'avait été invité chez des Français. Saurait-il se comporter comme il le fallait devant eux ? Un gouffre s'ouvrait sous ses pieds. Mais l'attirance était plus forte que la crainte. Il balbutia :

– Avec joie, mon vieux.

160 – Alors, c'est entendu : demain à quatre heures. Je te donnerai mon adresse en classe.

À la fin des cours, ils sortirent ensemble du lycée. Comme d'habitude, une voiture, rangée face à la grille, attendait Thierry Gozelin. Une Delage de couleur vert bouteille, avec un long
165 capot et deux pneus de rechange fixés sur le coffre arrière. Le chauffeur, en livrée, faisait les cent pas. Thierry Gozelin monta à côté de lui et esquissa un signe de la main en direction d'Alexis. L'auto démarra avec une lenteur puissante et prit de la vitesse dans le boulevard d'Inkermann. De nombreux élèves se pres-
170 saient sur le trottoir. Lavalette poussa Alexis du coude et grom-mela :

– Ce qu'il peut être rupin, celui-là ! Ses parents le font trimbaler partout en voiture. Même quand il va acheter des bouquins à la librairie, qui est à deux pas de chez lui, c'est le chauffeur qui le
175 conduit !

– Qu'est-ce que tu en sais ?

– Il me l'a dit lui-même. C'est sans doute parce qu'il est infirme qu'on l'élève comme ça, dans du coton. En tout cas, la bagnole est chouette !

180 Alexis resta un moment songeur. Tout, en Thierry Gozelin, lui paraissait mystérieux : son infirmité, son intelligence, sa culture, sa richesse frileuse. En saurait-il plus demain sur son ami ? Il était tellement absorbé par cette question qu'il n'accorda qu'une atten-tion distraite aux filles sortant du Cours secondaire. Cet établisse-
185 ment, situé sur le trottoir d'en face, regorgeait de jeunes personnes

charmantes et il n'était pas rare qu'une idylle [1] s'ébauchât entre l'une d'elles et un «grand» du lycée Pasteur. Mais il était interdit aux garçons de traverser la chaussée. Les rencontres sentimentales ne pouvaient avoir lieu qu'au bout du boulevard d'Inkermann,

190 devant l'église Saint-Pierre. Il arrivait pourtant qu'un audacieux, bravant la consigne, s'aventurât du côté féminin de cette noble artère et tendît une ficelle entre les arbres dans l'espoir de faire tomber une de ces demoiselles. Peine perdue. La plupart du temps, elles déjouaient le piège. Elles aussi portaient des cahiers,

195 des livres dans leur serviette. Mais il était difficile de croire qu'elles étudiaient quelque chose. Elles n'étaient là, semblait-il, que pour exciter l'imagination des garçons. Alexis en suivit deux du regard, qui se tenaient par le bras et riaient très fort en marchant. Elles n'étaient pas vraiment jolies. Et elles étaient trop âgées pour lui :

200 seize ans au moins. Celle de droite avait même une grosse poitrine. Pasquier, qui était dernier en tout mais avait de l'aplomb, traversa la rue et les accosta. Elles le rabrouèrent et il revint, secoué de gloussements sournois. Il avait osé. Alexis se dit qu'il n'aurait jamais ce courage. Pour lui, les filles appartenaient à un univers

205 inaccessible de chuchotements, de rouerles, de faiblesse, de secrets et de grâce. Pasquier, qui le considérait comme un bon copain, lui avait montré, la semaine précédente, un journal «cochon». On y voyait des dessins de femmes nues dans des poses provocantes. Ces images avaient tellement troublé Alexis qu'il en avait rêvé

210 deux nuits de suite. Pasquier disait qu'il en avait des tas à la maison. C'était son frère aîné qui lui refilait ces publications libertines et il s'enfermait dans les cabinets pour les lire. Une fois de plus, il proposa à Alexis de lui en vendre quelques-unes.

– Vingt sous pièce, dit-il. C'est pas cher !

215 Alexis refusa. Il n'avait pas d'argent et, en outre, il était gêné de partager avec Pasquier cette basse curiosité pour l'anatomie féminine. Thierry Gozelin, lui, semblait ignorer les problèmes du sexe.

---

1. *Idylle* : aventure amoureuse naïve et tendre.

Du moins n'en parlait-il pas. Sans doute était-ce sa difformité qui le tenait à l'écart de la tentation. Il n'était que cerveau. Parvenu au
220 rond-point d'Inkermann, Pasquier tourna à gauche dans l'avenue du Roule.

Débarrassé de sa présence, Alexis repensa aux *Djinns* qui lui avaient valu une si bonne note en récitation. Après sa place de deuxième en composition française, c'était une consécration sup-
225 plémentaire en moins d'une semaine. S'il n'avait pas été aussi nul dans les autres matières, et spécialement en mathématiques et en latin, il aurait pu concurrencer Thierry Gozelin. Mais le voulait-il réellement ? Il ne lui déplaisait pas de rester dans l'ombre de son ami.

230 En arrivant chez lui, il trouva sa mère seule qui préparait le déjeuner. Ce fut sur un ton volontairement désinvolte qu'il lui annonça son nouveau succès. Elle le complimenta, l'embrassa et lui dit que, s'il aimait vraiment la poésie, il ne se sentirait jamais perdu dans l'existence :

235 – Tu vois, moi, quand j'ai du souci, un accès de tristesse, je lis quelques vers de Pouchkine et ça passe !

Et, comme pour l'en convaincre, elle lui récita un poème évoquant la solitude et l'ennui de Pouchkine, enfermé dans sa maison, à la campagne, pendant une tempête de neige. Manifestement, elle
240 cherchait, une fois de plus, à éveiller l'intérêt de son fils pour la littérature russe. Elle avait une voix mélodieuse, une diction parfaite, mais Alexis demeurait imperméable au charme de cette langue qui, pourtant, avait bercé son enfance. Il eût même volontiers renoncé à son usage. Sa mère lui parut soudain un peu ridicule
245 par son attachement à tout ce qui venait de Russie : les mots, la musique, les habitudes, la cuisine, les souvenirs… En l'écoutant débiter les vers, il se sentait bizarrement menacé dans son indépendance. C'était comme si elle eût voulu le forcer à manger un dessert qu'il n'aimait pas, sous prétexte que chacun, dans son entourage,
250 s'en régalait. Qu'avait-il à faire d'un Pouchkine, d'un Lermontov, d'un Tolstoï, quand il avait à sa disposition toute la littérature de

France ? Il n'allait pas lâcher la proie française pour l'ombre russe !
Quant à se proclamer inspiré et nourri par deux patries à la fois,
c'était un leurre. On ne pouvait être l'homme que d'une seule terre,
d'un seul héritage. Et, pour lui, cet héritage s'appelait Molière,
Racine, La Fontaine, Balzac, Hugo… Il ne les avait pas tous lus,
bien sûr, – loin de là ! –, mais leurs noms bourdonnaient du matin
au soir à ses oreilles. Ils faisaient partie de l'air qu'on respirait au
lycée. Ses parents étaient non seulement d'un autre pays, mais
aussi d'un autre temps. Ils n'avaient plus ni racines, ni avenir. Leur
fils – c'était bien normal – refusait d'être, comme eux, un naufragé.
Tournant le dos au mirage russe, il irait de l'avant sur la terre ferme
française. C'était pour lui, pensait-il, une question de vie ou de
mort. Sa mère se tut enfin. Il la regarda, blonde, grassouillette,
radieuse, tout éclairée par son passé, et il eut pitié d'elle.

– Ça t'a plu ? lui demanda-t-elle gaiement.

– C'est très bien, marmonna-t-il avec une moue charitable.

– Pouchkine a écrit cette poésie en se souvenant de son exil
dans le village de Mikhaïlovskoïe, où il vivait en solitaire, avec sa
vieille *niania*.

– Ah !

– C'est un tel poète ! Plus même qu'un poète, un ami, l'ami
de tous les Russes ! Il est mort depuis quatre-vingt-sept ans et il
me semble qu'il est là, derrière la porte, qu'il va entrer, me parler… C'est étrange !…

– Oui, oui, soupira Alexis, excédé.

Et il ajouta, comme s'il se fût agi d'une nouvelle sans importance :

– Au fait, je suis invité demain chez Thierry Gozelin.

Sa mère marqua un instant de surprise. Une lueur d'anxiété
passa dans son regard. Puis elle sourit et dit :

– Thierry Gozelin, n'est-ce pas ton ami bossu ?

– Si.

– C'est bien, Aliocha ! Mais tu n'as rien de convenable à te
mettre. Je vais rallonger les manches de ton costume bleu.

III

Engourdi par une longue immobilité, écœuré par le parfum sucré de l'encens, ébloui par les mille petites flammes des cierges et les dorures byzantines de l'iconostase*, Alexis se laissait aller à une rêverie agréable. La voix puissante et douce du chœur le sou-
5 levait de terre sans le rapprocher de Dieu. Il était trop distrait pour prier. Son regard courait du prêtre massif et barbu, dans sa chasuble étincelante, à la masse des fidèles, debout, en rangs pressés, et qui se signaient parfois lentement. Rien que des Russes. Ils étaient enfin chez eux. La France avait disparu sous leurs semelles.
10 Bien que peu pratiquants, les Krapivine se rendaient souvent, le dimanche, à l'église orthodoxe de la rue Daru, et ils exigeaient que leur fils les accompagnât. Alexis les soupçonnait d'assister à la messe moins pour remplir leurs devoirs religieux que pour se replonger dans la foule de leurs compatriotes. On était entre exilés,
15 on se serrait les coudes, on communiait dans la même foi, dans la même misère, dans le même espoir.

Quand les dernières paroles du prêtre eurent retenti au-dessus des têtes inclinées, le troupeau se dirigea docilement vers la sortie. Des groupes se formaient dans le jardin. On se saluait. On
20 échangeait les dernières nouvelles de l'émigration. Alexis pensait au lycée en observant le grouillement désordonné du public. Ici comme là-bas, c'était la récréation après la classe. Mais une récréation paisible, sans cris, sans courses folles, sans jeux de ballon. Une récréation de grandes personnes. Une récréation où
25 l'on ne parlait que le russe.

Quelques connaissances des Krapivine les rejoignirent près de la grille. Alexis avait hâte de rentrer déjeuner à la maison. C'était cet après-midi qu'il avait rendez-vous avec Thierry Gonolin. Le

reste ne comptait pas. Il piétinait d'impatience en écoutant ses
30 parents discuter, encore et encore, de la mort de Lénine. Tout le
monde, autour de lui, s'indignait des funérailles grandioses qui
avaient été réservées à «l'antéchrist*». Ce mausolée sur la place
Rouge, cette déification d'un cadavre embaumé et, pour finir,
suprême insulte, la décision des Soviets* de débaptiser Petrograd
35 pour l'appeler Leningrad !

    – Pierre le Grand a bâti cette ville avec génie, disait Georges
Pavlovitch, et qu'en a fait Lénine ? Il l'a affamée, il l'a défigurée,
il l'a écrasée sous la terreur policière ! Il n'a aucun droit sur elle !

    – Pour moi, transformer Petrograd en Leningrad, c'est lancer
40 un crachat à la face de la Sainte-Russie* ! renchérissait M. Bolotov.

    – Je ne comprends pas que les habitants de Petrograd ac-
ceptent ça ! couinait une forte dame au chapeau emplumé.

    – Que voulez-vous qu'ils fassent, les malheureux ? soupirait
Hélène Fedorovna. Ils sont sous la botte. Quiconque proteste est
45 livré à la Tchéka* !

    De nouveaux venus s'agglutinaient au cercle. Les visages
s'échauffaient dans la discussion. Certains affirmaient tenir de
source sûre que l'Angleterre allait bientôt reconnaître l'URSS.

    – Les Anglais n'ont jamais été nos amis, trancha Georges
50 Pavlovitch. Mais je suis tranquille : la France ne suivra pas leur
exemple !

    – Attendez que la gauche arrive au pouvoir et nous en repar-
lerons ! s'écria M. Bolotov.

    Il était plus d'une heure et demie lorsqu'on se dispersa. Alexis
55 était sur les dents. Il déjeuna rapidement et sans prendre garde à ce
qu'il mangeait, tant il était pressé de se préparer à la grande rencontre. Ayant enfilé son costume bleu, dont sa mère avait rallongé
les manches, il se regarda dans la glace. Son visage lui déplut. Des
traits trop fins, un menton mou, un œil vert délavé et des cheveux
60 blonds peignés en arrière, «à l'embusqué». Son rêve eût été de
ressembler à l'acteur américain Douglas Fairbanks. Il jugea qu'il
en était loin. Certes, on pouvait toujours se rattraper par l'esprit.

La preuve ? Thierry Gozelin ! Il n'était pas beau, mais il dominait toute la classe. Le rendez-vous était fixé à quatre heures. À trois
65 heures et demie, Alexis se présenta devant sa mère pour prendre congé. Les lunettes sur le nez, elle raccommodait les chaussettes de ses « deux hommes », selon son expression. Ayant inspecté son fils de la tête aux pieds, elle donna son satisfecit [1]. Ne laissaient à désirer que les chaussures un peu éculées, dont il avait fallu badi-
70 geonner les craquelures à l'encre de Chine. Mais le camouflage était si habile que seul un œil averti pouvait le déceler.

Thierry Gozelin habitait à Neuilly, boulevard d'Argenson. Pendant tout le trajet, Alexis fut comme porté par une musique de fête. En arrivant à l'adresse indiquée, il se trouva devant un
75 hôtel particulier entouré d'un jardin aux buis taillés en boules. Il sonna à la grille. Un homme en tablier bleu lui ouvrit et le conduisit jusqu'au perron de la maison, où un autre homme, au gilet rayé noir et jaune, lui demanda le but de sa visite. Avec une angoisse prémonitoire, Alexis se nomma et dit qu'il avait rendez-
80 vous avec M. Thierry Gozelin.

Imperturbable, l'homme au gilet rayé l'introduisit dans un vestibule décoré de grands tableaux sombres et le précéda dans un large escalier, dont une tapisserie fanée recouvrait les murs. En gravissant les marches, Alexis avait l'impression de pénétrer dans
85 un musée où la richesse et la beauté avaient tué la vie. Tout à coup, il se dit que ce décor fastueux, ce domestique en livrée lui rappelaient quelque chose de lointain et de familier à la fois : l'appartement de ses parents, en Russie. Il s'en souvenait comme d'un rêve en lambeaux. Il était si petit alors ! Avait-il jamais vécu
90 ailleurs qu'en France ? Sa gêne grandissait à mesure qu'il avançait dans sa découverte, sur les pas du valet compassé et silencieux. Heureusement, sur le palier du premier étage, Thierry Gozelin l'attendait :

– Salut, vieux ! Je suis content que tu aies pu venir !

---

1. *Satisfecit* : approbation.

95   Cette seule phrase réconcilia Alexis avec le cadre solennel où
vivait son ami. Celui-ci l'entraîna dans sa chambre. Une bibliothèque bourrée de livres entourait son lit-divan. Sa table était sur-
chargée de papiers, de brochures, et sur des guéridons trônaient,
çà et là, des photographies d'hommes célèbres. Alexis reconnut
100   Victor Hugo, Baudelaire, Anatole France... Les autres visages ne
lui disaient rien.
        – Mon Panthéon [1]! annonça Thierry Gozelin.
        Ils s'assirent sur le divan. Regardant autour de lui, Alexis son-
geait que, s'il n'y avait pas eu révolution en Russie, il aurait eu
105   lui aussi une chambre personnelle, beaucoup de livres et de nombreux serviteurs à sa disposition. Devait-il le regretter ? Le dépay-
sement était si fort qu'il ne pouvait même pas imaginer une autre
existence que celle qu'il menait modestement, discrètement, entre
son père et sa mère, au fin fond de Neuilly. Le devinant perdu
110   dans ses pensées, Thierry Gozelin évoqua les derniers événements
de la classe pour le dégeler. Ils discutèrent des mérites comparés
de leurs professeurs. Thierry Gozelin appréciait certes les cours de
M. Colinard, mais il lui reprochait de se tenir trop près du programme et d'ignorer les grands écrivains modernes. Lui-même se
115   disait féru d'Anatole France. Et il venait de découvrir un certain
Lautréamont. Il saisit un bouquin sur la table et lut, à haute voix,
un passage des *Chants de Maldoror*. Submergé par l'avalanche des
mots, Alexis murmura :
        – Il n'était pas un peu cinglé, ton Lautréamont ?
120   – Si ! Mais, crois-moi, il n'y a pas de poésie sans folie !
        – Tu aimes pourtant Anatole France, et lui il a les pieds sur
terre !
        – Anatole France n'est pas un poète. C'est un merveilleux
prosateur, à la tête froide.
125   – Lautréamont aussi écrit en prose !
        – Il n'est pas nécessaire d'écrire en vers pour être un poète.

_____

1. *Panthéon* : ensemble de personnages célèbres élus et réunis.

– Ah ! je croyais…

– Tu en es resté au système des rythmes et des rimes… C'est dépassé, mon vieux… Remarque bien qu'il y a des poèmes régu-
130 liers que j'adore…

– *La Mort du loup* ?

– Par exemple… Mais, plus près de nous, j'ai lu des vers d'un jeune poète : Cocteau, tu connais ?

– Non.

135 – C'est très chouette ! Sois tranquille, Colinard ne nous parlera jamais de Lautréamont, ni de Cocteau. J'ai déniché un bouquin de Cocteau à la librairie : *Plain-Chant*. Ça vient de paraître. Écoute.

Et, prenant une plaquette sur un rayon de la bibliothèque, il lut encore. Alexis écoutait, subjugué. Tout lui paraissait beau dans la
140 bouche de Thierry Gozelin. On frappa à la porte. Une femme de chambre apporta un plateau avec une chocolatière, des toasts, du beurre et du miel, et le posa sur la table, parmi les papiers.

– Laissez cela, Émilie, lui dit Thierry Gozelin. Nous nous servirons.

145 Le chocolat était velouté, parfumé, les tartines au miel avaient une saveur exquise. Tout en se restaurant, les deux garçons conti-nuaient à parler de littérature. Les connaissances de Thierry Goze-lin paraissaient illimitées. Quand avait-il trouvé le loisir d'avaler tant de livres ? Avec ça, il était premier en latin, cette langue morte
150 dont on ne se servait plus qu'en classe ! À côté de lui, Alexis se sentait lourd et ignare. Il décida soudain qu'il eût préféré être bossu et avoir l'intelligence, la culture de son ami.

– Tes parents te laissent tout lire ? demanda-t-il.

– Absolument tout. En ce moment, je suis plongé dans un
155 roman de Colette : *Le Blé en herbe*. Pas mal. C'est l'histoire d'un type dans nos âges, qui en pince pour une jeune fille et couche avec une vraie femme. Les descriptions sont parfois osées. Mais très justes.

– Qu'est-ce que tu en sais ?

160   – Il n'est pas nécessaire d'avoir essayé pour se rendre compte.
Tu as déjà été amoureux, Krapivine ?

– Non. Et toi ?

– Moi non plus. Mais moi, c'est normal avec ma dégaine. Je
regarde les filles, je me dis qu'aucune, jamais, ne voudra de moi,
165   et ça me rassure. Je suis comme Baudelaire, comme Maupassant :
je ne vois dans les femmes qu'un instrument de plaisir. Plus tard,
je me paierai des poules. Sans aucun sentiment. C'est la sagesse.
Toi, en revanche, tu es beau gosse, alors tu connaîtras tout : les
fausses passions, les espoirs fous, les illusions, les déconvenues…
170   Je te plains, mon vieux !

Il riait d'un air douloureux. Flatté d'avoir été traité de « beau
gosse », Alexis protesta :

– T'es dingue, Gozelin ! Tu verras, toi aussi, un jour ou
l'autre, tu te retrouveras amoureux et peut-être même marié !

175   – Marié et cocu ! s'exclama Thierry Gozelin. Non merci ! J'ai
d'autres ambitions !

– Lesquelles ?

– Je veux être écrivain. Et toi, Krapivine, tu seras acteur.

– Qu'est-ce qui te fait dire ça ?

180   – Je t'ai entendu, en classe. Tu as tout ce qu'il faut pour
monter sur scène. Tu joueras mes pièces !

– Je ne crois pas, dit Alexis. Moi aussi, j'aimerais écrire,
publier…

– En russe ou en français ?

185   – Quelle question ! En français, bien sûr ! Je sais à peine écrire
en russe. Et, même si je le savais parfaitement, je ne voudrais pas le
faire ! Qui est-ce qui lit les écrivains russes maintenant ? Personne !
Ou des vieux, comme mes parents…

– Eh bien alors, nous serons écrivains tous les deux. Et parmi
190   les meilleurs de France ! Nous nous soutiendrons ! Nous nous
lirons nos manuscrits ! Nous serons impitoyables l'un pour
l'autre ! Impitoyables et inséparables !

Thierry Gozelin jubilait, les pommettes enflammées, les pru-
nelles pailletées d'étincelles. Il y avait une telle conviction dans
195 ses paroles qu'Alexis se laissa gagner, à son tour, par l'euphorie
d'une réussite certaine. L'avenir, tout à coup, s'éclairait devant
lui au soleil de l'amitié et de la gloire.

– À partir d'aujourd'hui, je t'appelle Alexis et tu m'appelles
Thierry, décida ce dernier.

200 Et il tendit la main à Alexis qui la serra avec force.

Après cette grande émotion, ils gardèrent un instant le silence,
les yeux dans les yeux et le souffle suspendu. Puis Thierry soupira :

– Dire que demain il va falloir retourner au bahut ! Tu n'as
pas l'impression que nous apprenons plus par nous-mêmes
205 qu'avec tous ces profs qui nous cassent les pieds ?

Alexis n'eut pas le temps de répondre. Des pas se rappro-
chaient. Les parents de Thierry entrèrent dans la pièce. Son père
était petit, sec et gris, avec une allure de criquet ; sa mère, brune
et fluette, avait des cernes mauves sous les yeux. Thierry leur
210 ressemblait à l'un et à l'autre par sa maigreur, son air maladif et
la fièvre de son regard. Il leur présenta Alexis d'un geste large de
la main :

– Alexis Krapivine, mon meilleur ami !

Alexis se rengorgea. M. et Mme Gozelin le questionnèrent avec
215 bienveillance sur ses études. Ils savaient par leur fils que les Krapivine avaient quitté la Russie au moment de la révolution bolchevique.

– Cela a dû être terrible pour vos parents ! dit Mme Gozelin.

– Ils ont tout perdu, répondit Alexis avec un brin d'emphase.

220 Il se découvrait fier et gêné à la fois dans sa situation exception-
nelle d'émigré. Son goût de la singularité combattait en lui le désir
paisible de ressembler à ses camarades de classe. Alors qu'hier
encore il souffrait d'être russe, il se demandait soudain, devant
l'intérêt qu'on lui manifestait chez les Gozelin, si, après tout, son
225 sort n'était pas enviable.

– Que fait votre père ? interrogea M. Gozelin.

Alexis rougit. Pouvait-il avouer à ce monsieur, dont tout le monde disait, au lycée, qu'il était un très grand architecte, que son père à lui était représentant de commerce ?

230   – Il dirige une affaire d'articles de bureau, balbutia-t-il en détournant les yeux.

Et subitement, redressant la tête, il ajouta avec bravade :

– C'est une toute petite affaire. Mais, en Russie, il avait des usines de filature et de tissage. Nous étions très riches !

235   – Quelle époque affreuse ! dit Mme Gozelin.

Elle paraissait douce, presque souffreteuse ; un châle de dentelle noire recouvrait ses épaules ; ses mains avaient la pâleur de la cire. Machinalement elle prit son fils par le cou. Thierry se serra contre elle. Il aimait donc sa mère. Alexis lui en sut gré. C'était

240 entre eux deux une ressemblance de plus. Il se sentait bien dans cette maison qui l'avait d'abord fâcheusement impressionné.

– Vous savez, maman, qu'Alexis a beaucoup de talent ? dit Thierry. Il a emballé Colinard, hier matin, en « expression libre ».

Alexis s'étonna d'entendre Thierry vouvoyer sa mère. Sans

245 doute était-ce une habitude dans les familles françaises de qualité. Il allait répliquer que ce succès scolaire était sans importance lorsque Thierry, tourné vers lui, enchaîna :

– Je voudrais que tu récites *Les Djinns* à mes parents comme tu l'as récité en classe.

250   Une stupeur mortelle frappa Alexis. Perclus [1] de timidité, il se disait que jamais il n'oserait se donner en spectacle à des personnages aussi considérables que M. et Mme Gozelin. La gorge sèche, il bredouilla :

– Non, ce n'est pas possible !

255   – Mais pourquoi ? dit Mme Gozelin. Cela nous ferait tant plaisir !

Alexis, affolé, cherchait une excuse.

– Je… je ne me souviens plus du poème, murmura-t-il.

– J'ai le bouquin, dit Thierry. Tu liras.

---

1. Perclus : paralysé par un sentiment ou par une douleur.

– Non.

– Je te le demande en copain !

L'insistance de Thierry irritait Alexis. Une colère blanche l'envahit contre celui qu'un instant plus tôt il plaçait si haut dans son amitié. Incapable de se contenir, il cria :

– Et moi, je te réponds non, une fois pour toutes !

265 – Dommage ! dit M. Gozelin avec un demi-sourire. Mais nous n'insisterons pas. Nous allons vous laisser…

Il se retira avec sa femme.

« Voilà, songea Alexis, je les ai blessés par mon refus, eux, les parents de mon meilleur ami. Je suis un misérable ! Pourtant, je 270 ne pouvais pas céder, je ne pouvais pas… » La honte, le dépit, le remords l'écrasaient. Il jeta un regard à Thierry qui, muet, sarcastique, jouait avec un coupe-papier.

– Tu m'en veux ? chuchota-t-il enfin.

– Pourquoi ? dit Thierry. Chacun est libre de ses décisions. Je 275 regrette, voilà tout. Parlons d'autre chose.

Mais Alexis n'avait pas envie de parler. Le charme était rompu. Il n'avait plus rien à faire dans cette famille où il s'était si mal conduit.

– Il est tard, soupira-t-il. Je vais partir…

280 – Reste encore un peu, proposa Thierry sans conviction.

– Non.

– Alors, à demain.

– À demain, oui.

Thierry le raccompagna jusqu'au rez-de-chaussée. En descen- 285 dant le grand escalier à la tapisserie verdâtre, Alexis se dit que la maison le chassait. Par sa faute, une noble amitié venait de se briser. Les djinns lui avaient joué un sale tour. C'était dans leur nature diabolique. Il ne s'en remettrait jamais. Sur le perron, il eut envie de crier encore : « J'ai été idiot ! Pardonne-moi ! Dis-moi 290 que rien n'est changé ! » Mais l'orgueil le retint. Il fit un sourire niais et marmonna :

– Salut, vieux.

– Salut.

Une fois dans la rue, il se mit à courir pour éviter de penser. Il
se punissait de sa sottise par la fatigue et l'essoufflement. Malgré
le froid, la sueur coulait dans son cou.

En arrivant à la maison, il trouva sa mère seule : son père
n'était pas encore rentré d'une visite en ville. Levant les yeux
d'un journal illustré, elle demanda :

– Alors, tout s'est bien passé, chez Thierry Gozelin ?

– Très bien.

– Qu'avez-vous fait ?

– Rien de spécial.

– Comment est-ce, chez eux ?

– Superbe.

– Raconte !

– Je n'ai rien à raconter, dit-il sèchement.

Et il se jeta, de tout son long, sur son divan, furieux contre sa
mère qui posait des questions absurdes, contre lui-même qui avait
manqué d'égards envers les parents de Thierry et contre le monde
entier qui ne le comprenait pas. Au milieu de son désespoir, une
certitude s'imposa à lui, d'une simplicité aveuglante : « Je ne serai
jamais écrivain. Je lirai les livres des autres, mais je n'en écrirai pas
moi-même. Je me contenterai d'applaudir aux succès de Thierry.
Toute ma vie je resterai à deux pas derrière lui. Mais voudra-t-il
encore de moi comme ami après ce qui s'est passé ? » Au bout
d'une minute, voyant que sa mère s'apprêtait à mettre la table, il
se leva pour l'aider.

IV

Comme il pleuvait, la récréation avait lieu sous le préau.
Répercuté par les murs, le vacarme était tel que toute conversation devenait impossible. D'ailleurs, il semblait à Alexis que

Thierry ne recherchait plus sa compagnie. Il se tenait à l'écart, parmi des grands de première qui échangeaient des timbres-poste. Sans doute lui en voulait-il encore de son maladroit refus de la veille. Tenaillé par cette idée, Alexis vivait sa matinée dans un état de tension hargneuse. Pendant la classe de latin, M. Colinard l'interrogea. N'ayant pas préparé sa leçon, il ne sut que répondre et récolta un zéro. Cette note infamante le laissa indifférent. Quand, à la fin du cours, les élèves se précipitèrent sur les portemanteaux et de là dans le couloir, il s'attarda pour sortir en même temps que Thierry. Ils avancèrent un long moment en silence. La pluie avait cessé. En débouchant sur le trottoir, Alexis chercha des yeux la Delage. Elle n'était pas à sa place habituelle.

– Tu n'as pas ta bagnole, ce matin ? dit-il.

– Non, répondit Thierry. Mes parents en ont eu besoin. Je vais rentrer à pied. D'ailleurs, je préfère ça. Si tu savais comme j'en ai marre de me faire transbahuter par un chauffeur ! J'ai l'impression d'avoir cent ans !

– C'est pourtant bien commode...

– Ne crois pas ça ! J'adore marcher ! Tiens, je te raccompagne !

La joie inonda Alexis. Autour d'eux, les élèves se dispersaient. Ils remontèrent le boulevard d'Inkermann à vive allure. Thierry, avec son buste raccourci et ses longues jambes, faisait de si grands pas qu'Alexis devait élargir démesurément le compas pour rester à sa hauteur. Mais bientôt Thierry s'arrêta, essoufflé.

– Je cavale, je cavale, et maintenant j'ai un point de côté ! dit-il. C'est idiot !

Ses pommettes étaient rouges. Une toux sèche le secoua.

– Manque d'habitude, grommela-t-il en esquissant une grimace.

Ils se remirent en route plus lentement. Marchant à côté de son ami, Alexis avait l'impression de faire pour la première fois ce trajet familier. Les arbres, les maisons, les passants, tout avait changé. Thierry avait un visage grave.

– J'ai réfléchi depuis hier, dit-il. Pour *Les Djinns*, tu as eu raison. Il ne fallait pas les réciter devant mes parents. Ils n'auraient rien pigé !

40 – Ils ont dû me trouver malpoli !

– Tu rigoles ? Ils ont très bien compris que tu avais le trac. C'est tout en ton honneur, ça, mon vieux ! Quant à moi, j'ai eu tort d'insister. Mais j'avais tellement envie que tu les épates comme tu m'avais épaté !…

45 Il riait. La poitrine délivrée d'un grand poids, Alexis rit à son tour. Pardonné, approuvé, il dit avec élan :

– Tu ne peux pas savoir ce que tu me fais plaisir ! J'étais complètement effondré !

– Moi aussi, avoua Thierry. Je sentais qu'il y avait un malen-
50 tendu entre nous et je ne pouvais pas supporter ça ! Voilà, c'est oublié !

Ils étaient arrivés avenue Sainte-Foy. Devant l'entrée de l'immeuble, Alexis remercia Thierry de lui avoir fait la conduite.

– Cet après-midi, hist' et géo ! bougonna-t-il. Avec ce vieux
55 croûton de Berchu, ce ne sera pas folichon ! Allez, je me grouille ! À tout à l'heure.

Mais Thierry ne bougeait pas, un étrange sourire aux lèvres.

– Nous avons bien cinq minutes, dit-il. Je peux monter avec toi dans ta chambre ?

60 – Mais oui, balbutia Alexis.

Et une peur panique le saisit. Il avait tout envisagé, sauf une rencontre entre ses parents et Thierry. Deux mondes allaient s'affronter, deux mondes qui, dans sa pensée, devaient toujours s'ignorer l'un l'autre. Comment son ami supporterait-il ce nostal-
65 gique relent d'exil et de pauvreté ?

Prenant les devants, il ajouta prudemment :

– Seulement, je te préviens : chez nous, c'est tout petit, tout simple… D'ailleurs, je n'ai pas de chambre…

– Et alors ? On s'en fout ! dit Thierry. On trouvera bien un
70 coin pour causer !

Alexis le guida jusqu'à l'ascenseur qui, par extraordinaire, n'était pas en panne. En débarquant de la cabine vitrée sur le palier du troisième étage, il ressentit une faiblesse dans les genoux. Deux coups de sonnette brefs pour avertir que c'était lui. Ce fut sa
75 mère qui ouvrit la porte. Elle sortait de la cuisine et portait un tablier bleu autour des reins. Il en fut gêné pour elle. Elle le retira sans précipitation et presque avec élégance.

– Voilà, maman, annonça-t-il d'un ton brusque. J'ai amené Thierry Gozelin.

80 – Quelle bonne idée ! dit Hélène Fedorovna avec une gentillesse amusée. Nous avons tellement entendu parler de vous ! Bonjour, monsieur. Soyez le bienvenu !

Oh ! cet accent ! Alexis eût donné n'importe quoi pour que sa mère s'exprimât dans un français irréprochable. En tout cas, elle
85 ne paraissait nullement contrariée par l'arrivée impromptue de Thierry. Avec la même aisance que si elle l'eût reçu dans son château, elle l'invita à passer dans le salon-salle à manger, où le couvert était déjà mis sur l'horrible nappe en toile cirée à carreaux rouges et blancs. Georges Pavlovitch était là, lisant son journal, et
90 lui aussi accueillit le visiteur avec une joviale simplicité. Sa parole était encore plus rocailleuse que celle de sa femme. On s'installa tous les quatre au fond de la pièce, Alexis et Thierry côte à côte, sur le divan-lit, les parents devant eux, sur des chaises. Thierry laissait courir ses yeux alentour et Alexis souffrait de cette curio-
95 sité muette. Tout lui semblait affreux dans l'appartement depuis que Thierry y avait mis les pieds. En même temps, il écoutait sa mère et son père qui soutenaient la conversation sans se douter de son désarroi. On parlait du lycée, bien sûr, des études... Quelle banalité !

100 Soudain l'attention de Thierry se fixa sur un angle de la pièce.

– Vous avez une bien belle icône, dit-il.

– Oui, soupira Hélène Fedorovna. Elle me vient de mes parents. Nous l'avons rapportée de Russie. C'est tout ce qui nous reste de là bas !

105   « Ça y est ! pensa Alexis. Elle va encore se lancer dans le récit de nos splendeurs d'autrefois ! » Et il adressa à sa mère un regard suppliant pour l'inviter à se taire. Mais elle poursuivit :

– Vraiment, cette image sainte fait partie de notre famille. Elle a veillé sur mon sommeil d'enfant. Maintenant, elle veille sur le
110   sommeil d'Aliocha…

– Aliocha ? interrogea Thierry.

– Oui… Alexis, si vous préférez… C'est la même chose en plus gentil…

Alexis était sur le gril. Mais Thierry ne manifestait aucune
115   surprise, aucune ironie.

– Tu couches là ? demanda-t-il simplement.

– Oui, dit Alexis à contrecœur. Sur le divan.

Thierry se leva et, les mains dans le dos, inspecta les gravures russes pendues aux murs :
120   – Je n'en ai jamais vu de comme ça ! C'est naïf, c'est frais, c'est charmant…

– N'est-ce pas ? s'écria Hélène Fedorovna. Nous les aimons beaucoup. Elles nous rappellent notre pauvre pays à jamais perdu.

– Pourquoi à jamais perdu ? dit Georges Pavlovitch. Moi, je
125   crois que nous y retournerons !

Cette obstination à nier l'évidence agaça Alexis. Surtout devant Thierry. Avec son esprit sarcastique, il devait les prendre tous les deux pour des demeurés. Quel dommage qu'il fût venu ! On était si heureux avant, dans le secret des habitudes russes ! « Qu'il s'en
130   aille ! Vite ! Vite ! »

– Eh oui, renchérit Georges Pavlovitch, nous sommes reconnaissants à la France de nous avoir accueillis dans le malheur. Pourtant, ce qui nous soutient, c'est l'idée que notre exil est provisoire. Nous savons qu'il y a une chance sur cent pour que
135   nous puissions retrouver notre patrie. Mais cette seule chance nous aide à vivre.

– Je vous comprends très bien, dit Thierry. Je crois que je penserais comme vous, si je devais un jour émigrer.

– Dieu vous en préserve ! s'exclama Hélène Fedorovna.

Elle avait un doux visage de blondeur et de sérénité. Il y eut un silence. Puis Thierry murmura :

– Excusez-moi... Je dois partir... Nous avons classe à deux heures.

Il se dirigeait vers la porte lorsque Hélène Fedorovna l'arrêta d'une voix suave :

– Pourquoi ne resteriez-vous pas déjeuner avec nous ? C'est tout simple. On rajouterait un couvert, et voilà. Vous retourneriez au lycée après, avec Aliocha.

Abasourdi par le choc, Alexis regarda sa mère comme si elle avait perdu la tête. Mais Thierry ne parut pas autrement étonné.

– Non, merci, dit-il. Mes parents m'attendent. Je suis déjà en retard.

– Dimanche prochain, alors ? proposa-t-elle.

– Volontiers, madame.

Thierry avait prononcé ces mots avec un sourire qu'Alexis jugea moqueur et même insolent. Sûrement il allait faire des gorges chaudes, en famille, de sa visite chez les Krapivine.

Après son départ, on passa rapidement à table. Le repas était frugal : du veau froid à la mayonnaise. Et dire qu'Hélène Fedorovna avait voulu en régaler un être aussi délicat que Thierry ! Ce fut avec exaspération qu'Alexis entendit ses parents parler en termes élogieux de son ami, « si bien élevé, si attentif et si intelligent » ! Pourtant, il se garda de faire la moindre remarque sur leur attitude au cours de la visite. Que pouvait-il leur reprocher ? D'être fidèles à eux-mêmes ? De ne pas jouer la comédie devant un étranger ? Rien ne paraissait devoir les surprendre. Ils étaient aussi à l'aise dans leur pauvreté, dans leur médiocrité que les Gozelin dans leur luxe. Ce genre de naturel frisait l'inconscience. « Ils n'ont pas le sens du ridicule, voilà tout ! » décida Alexis avec rage.

Il repartit pour le lycée sans savoir s'il devait plaindre son père et sa mère ou les condamner. Quand il pénétra dans la cour, les élèves se mettaient déjà en rangs sous la surveillance de deux pions. Au moment de rentrer en classe, Thierry s'approcha de lui et, d'un air mystérieux, dit entre haut et bas :

    – Je trouve tes parents formidables !

    – Ah oui ? souffla Alexis.

    Et il se demanda pourquoi les yeux lui piquaient, pourquoi sa vue se brouillait soudain.

V

    – Moi, je crois, dit Hélène Fedorovna, qu'il faut faire un déjeuner russe. Du bortsch, une koulibiak*, des bitki* à la crème…

    Heurté de front, Alexis protesta :

    – Ah non, maman ! Surtout pas !

    – Mais pourquoi ? s'écria-t-elle. Ça changerait ce garçon de la cuisine qu'il a l'habitude de manger chez lui. Ça l'amuserait…

    – Ta mère a raison, dit Georges Pavlovitch en essuyant une assiette. Et elle réussit si bien la koulibiak aux choux ! Chaque fois qu'elle en fait, tu es le premier, Aliocha, à t'en pourlécher les babines !

    – Moi, peut-être, rétorqua Alexis avec humeur. Lui, c'est différent.

    – Qu'est-ce que tu en sais ? Essayons !

    – Non, papa.

    Alexis ne s'expliquait pas très bien pourquoi il s'opposait à cette fête gastronomique russe en l'honneur de Thierry, dimanche prochain. Sans doute était-ce une réaction contre l'envahissement de son existence quotidienne par la Russie. On était en France, que diable ! Pourquoi le nier à chaque occasion ? Cherchant une excuse à son refus, il grommela :

    – Thierry est très fragile… Il suit un régime… Il lui faut des plats légers…

– Tant pis ! dit Hélène Fedorovna.

Elle était fière de ses talents culinaires, qui s'étaient déve-
25 loppés, par nécessité, dans l'émigration, alors qu'elle ne s'était
jamais approchée d'un fourneau en Russie. Il y avait déjà cinq
minutes qu'on discutait l'affaire en famille, après le dîner, en
faisant la vaisselle.

– Alors quoi ? reprit Hélène Fedorovna. Un rôti de bœuf,
30 avec des pommes de terre sautées ?...

– Parfait ! dit Alexis. Et pas de vodka ; du vin !

– C'est sinistre ! déclara Georges Pavlovitch en haussant les
épaules.

– À ton avis, peut-être, papa ! Mais quoi, c'est pour vous ou
35 pour lui que vous l'organisez, ce déjeuner ? Je suis sûr qu'il sera
très content ! D'ailleurs, chaque fois que maman fait un rôti de
bœuf, on se régale !

La vaisselle essuyée et rangée, ils retournèrent dans la salle à
manger. Hélène Fedorovna s'assit dans le fauteuil pour raccom-
40 moder la doublure d'une veste de son mari. Georges Pavlovitch
ouvrit sur la table sa mallette d'échantillons et en tira son carnet de
comptes. Il récapitulait les opérations de la journée. Allongé à plat
ventre sur le divan, Alexis lisait *L'Affaire Crainquebille* d'Anatole
France. Thierry lui avait prêté le livre en disant : « Tu verras, c'est
45 très court, mais d'une ironie féroce ! » De temps à autre, Alexis se
détournait de la page et regardait ses parents, paisibles, résignés,
besogneux. Surtout ne pas leur ressembler ! Entraîné par sa lecture, il espérait des lendemains de bouillonnement, de risque et de
réussite. Dans quel domaine ? Il ne le savait pas encore. Thierry lui
50 avait dit qu'Anatole France s'appelait en réalité Anatole Thibault.
France, rien que ça ! Il fallait un sacré culot pour choisir un pareil
pseudonyme ! Alexis songea qu'il eût aimé, lui aussi, écrire sous
un nom très français. Mais n'avait-il pas abandonné depuis peu
toute prétention littéraire ? Sans doute avait-il pris sa décision trop
55 vite. Troublé, il leva les yeux vers l'icône, dont les dorures luisaient
dans l'angle de la pièce. Ce regard adressé, dans les moments

d'émotion, à l'image sainte, c'était une habitude superstitieuse qui remontait à son enfance. Jamais il ne pourrait y renoncer. Au bout d'un moment, il lui sembla que le Christ russe, au visage étroit et
60 sombre, serti dans un riche revêtement de métal, l'approuvait paradoxalement de vouloir faire son chemin parmi les Français.

Il reprit sa lecture. Cet Anatole France avait vraiment beaucoup de talent ! Ce n'était pas pour rien qu'il avait obtenu le prix Nobel, deux ans auparavant. On en avait fait tout un plat dans
65 les journaux de l'époque. «Il faudra que je demande à Thierry d'autres bouquins du même auteur», décida-t-il. Georges Pavlovitch referma sa mallette d'échantillons. Hélène Fedorovna se leva. Elle avait fini ses travaux de couture.

– Tu devrais te coucher, Aliocha, dit-elle.
70 – Oui, maman. Tout de suite…

Subitement, il avait envie de lui obéir. Par amour peut-être. Ou pour la remercier d'avoir cédé dans la discussion sur le menu.

Le dimanche 3 février 1924, les journaux parurent avec de gros titres : l'Angleterre venait de reconnaître l'URSS. Et, selon
75 les chroniqueurs, l'Italie et l'Autriche s'apprêtaient à en faire autant. Par bonheur, la France semblait encore réticente. Mais elle avait envoyé un agent commercial à Moscou. Plongé dans les gazettes du matin, Georges Pavlovitch ne cachait pas sa déception.
80 – Traiter avec ces bandits, grognait-il, quelle folie ! Les Soviets exporteront leur révolution dans tous les pays qui les auront reconnus ! Je compte sur la sagesse de Poincaré pour nous éviter ce désastre ! Tout ça, c'est la faute de cet imbécile de Ramsay Macdonald et des travaillistes anglais !…

85 Alexis était désolé que cette mauvaise nouvelle tombât précisément le jour où Thierry venait déjeuner à la maison. Par la faute de la politique, leur entrevue risquait de se dérouler dans une atmosphère d'inquiétude et de rancœur. Son père avait un visage vieilli par la contrariété. Sa mère elle-même paraissait soucieuse.
90 Alexis l'observait à la dérobée. N'allait-elle pas se dérider avant

l'arrivée de Thierry ? À cause des préparatifs du déjeuner, elle renonça à la messe du dimanche, rue Daru. Georges Pavlovitch s'y rendit seul, pour rencontrer des amis et parler des « événements ». Resté auprès de sa mère, Alexis l'aida à faire le ménage et à dresser la table. Puis il l'accompagna dans la cuisine. Ayant capitulé sur l'essentiel, pour le menu, elle avait néanmoins décidé de commencer le repas par quelques hors-d'œuvre russes : des cornichons malossol*, des cèpes marinés, des harengs de la Baltique accommodés selon une recette familiale...

– Les Français ont découvert les zakouski*, dit-elle. Je suis sûre que notre invité aimera ça !

Elle s'affairait à couper menu des oignons, à nettoyer des harengs, à préparer une sauce. Sa figure était redevenue souriante. Sans doute avait-elle oublié la reconnaissance de l'URSS par l'Angleterre.

– Je suis contente que tu aies Thierry comme ami, reprit-elle. C'est certainement un garçon de qualité. Mais cette infirmité, comme il doit en souffrir !

– Oui, répondit Alexis. Pourtant il ne se plaint jamais. Il dit qu'il remplace les joies du corps par les joies de l'esprit. Tu sais, maman, il est extraordinaire. Il lit tout. Il sait tout !...

Le sourire d'Hélène Fedorovna s'accentua.

– Je t'assure ! renchérit Alexis. Tu peux lui parler de n'importe quoi, il est au courant. Même pour la politique...

– Nous allons éviter de parler politique avec lui, si tu veux bien.

– Pourquoi ?

– Pour ne pas attrister ton père. Il est si malheureux aujourd'hui !...

Mais Georges Pavlovitch revint de l'église tout ragaillardi. Il avait vu, rue Daru, des gens bien informés. La scandaleuse décision de l'Angleterre était dépassée. L'espoir renaissait dans le camp de l'émigration. D'après Bolotov, il y avait eu des émeutes en Ukraine et des actes d'insubordination dans l'Armée rouge*.

125 – C'est bon signe ! dit Georges Pavlovitch. Ça bouge ! Si l'Europe ne les aide pas, ils vont crever comme des rats !

Il se frottait les mains en humant le fumet du rôti qu'Hélène Fedorovna avait mis au four. Alexis se réjouit de cette brusque éclaircie après les menaces d'orage. La fête pouvait commencer.
130 Tout était prêt lorsque Thierry sonna à la porte.

Il tenait un bouquet à la main. Neuf roses de couleur thé. Hélène Fedorovna s'extasia sur la beauté des fleurs et les disposa dans un vase. On passa à table. Alexis et sa mère se relayaient pour faire le service. Thierry apprécia les zakouski et reprit deux
135 fois de la viande. Il paraissait heureux de se trouver dans un milieu si différent du sien. Mais peut-être n'était-ce que du « savoir-vivre », comme disait maman ? En tout cas, Alexis était reconnaissant à son ami de s'accommoder avec tant d'aisance des bizarreries du clan Krapivine.

140 Dans la conversation, très animée, il ne fut même pas question des rapports soviéto-britanniques. Après le café, les parents s'éclipsèrent. Ils devaient assister à une conférence dans un cercle littéraire russe. Alexis fut soulagé de se retrouver seul à seul avec son ami. Ils s'assirent sur le divan et Thierry soupira :
145 – J'ai mangé comme un ogre ! Je n'en peux plus !

– Qu'est-ce que tu dirais si j'avais laissé faire ma mère ? Elle voulait te mijoter un repas russe !

– Ça m'aurait sûrement plu ! affirma Thierry.

Encore le « savoir-vivre » ! pensa Alexis. Il allait répliquer par
150 une plaisanterie lorsque son ami lui coupa la parole :

– Est-ce que tu as des souvenirs précis de Russie ?

La question désarçonna Alexis au point qu'il resta un instant muet. Puisque Thierry l'invitait à la confidence, il se devait d'être sincère. Un exercice difficile. Enfin, il murmura :
155 – Des souvenirs, oui, quelques-uns. Mais je me demande s'ils sont vraiment à moi ou s'ils m'ont été soufflés par mes parents !

– Raconte.

– Ce n'est pas très original.

– Je suis sûr que si.

160   – Bon. Tu l'auras voulu.

Alexis raconta, pêle-mêle, ce qui lui revenait en mémoire sur sa vie à Moscou dans la grande maison, sur la fuite de Russie, sur l'arrivée en France. Tout en parlant, il s'étonnait du plaisir qu'il prenait à évoquer ces images déjà lointaines. Comme ses
165 parents, voici qu'il barbotait avec mélancolie dans le passé russe.

– C'est passionnant, lui dit Thierry. Pourquoi n'écrirais-tu pas ça dans le « cahier-journal » ?

Le « cahier-journal » était encore une invention de M. Colinard. Une fois par semaine, le mercredi, les élèves devaient rédiger, dans
170 un cahier *ad hoc*[1], le récit d'un événement de leur vie : souvenir de vacances, visite d'une vieille église, prouesse sportive, impressions de lecture ou de spectacle, description d'une promenade en forêt... Cet exercice était destiné à délier leur plume.

– Non, trancha Alexis, je n'écrirai jamais rien sur la Russie.

175   – Pourquoi ?

– Mes parents m'en ont trop parlé ! J'en ai la nausée !

– Tu es encore plus tordu que moi ! dit Thierry en riant. Il me semble que, si j'étais russe, je le crierais sur tous les toits !

– Oh ! tu sais, il n'y a pas de quoi être fier de vivre en exil !

180   – Si ! « Toute singularité mérite d'être cultivée à la façon d'une plante rare », comme disait ce vieux renard de Voltaire.

Alexis dressa l'oreille : il soupçonnait Thierry d'attribuer à de grands hommes la plupart des formules originales qui lui traversaient l'esprit. Mais la tricherie était si élégante, si convaincante
185 qu'il n'osait la lui reprocher. Il la savourait même en connaisseur, comme si c'étaient réellement Voltaire, ou Hugo, ou Montaigne qui parlaient par la voix de son ami.

– Je vais t'étonner, reprit Thierry, mais je trouve que tu as une sacrée chance d'être à cheval sur deux pays. Tu as la possibilité de
190 lire de grands auteurs russes dans le texte : c'est énorme, ça !

---

1. **Cahier ad hoc** : cahier réservé à cet usage.

– Je lis très mal le russe.

– Alors, exerce-toi. Dostoïevski, Tolstoï, ça vaut le coup d'essayer !

– La littérature russe m'emmerde ; la littérature française me suffit.

– Tu es vraiment trop con !

– J'ai fini *Crainquebille*. C'est assez chouette !

– De la bibine à côté de *Crime et Châtiment* ! Mais, ce bouquin-là, je ne te le prêterai pas.

– Pourquoi ?

– Parce que j'espère que tu le liras en russe.

– N'y compte pas ! Est-ce que tu as autre chose d'Anatole France ?

– Oui. *Les dieux ont soif*. C'est l'un de ses meilleurs romans. Ça se passe sous la Terreur. Tu y verras comment de nobles idées politiques peuvent dégénérer en folie sanguinaire. Peut-être bien que ça te rappellera la révolution russe !

– Alors, ça ne m'intéresse pas !

– T'es dingue ou quoi ?

Alexis éclata :

– Quand donc comprendras-tu que j'en ai marre de la révolution, de la Russie, de tout ce qui vient de là-bas ?

– Là, tu charries, mon vieux ! Je suis sûr que tu ne sais rien de l'histoire de ton pays !

– Rien, et ça m'est égal ! On m'enseigne l'histoire de France en classe, et ça me va !

– Tes parents n'ont pas essayé de t'apprendre… ?

– Si. Mais j'ai résisté. Pierre le Grand, Catherine la Grande, Alexandre Ier, Nicolas II, je m'en fous ! Ce qui compte, c'est Louis XIV, Napoléon, Gambetta, Clemenceau !… Ce passé-là est le mien. J'ai fait mon choix. Je voudrais être né en France, ne parler que le français. Même mon nom me déplaît : Krapivine…, c'est ridicule !

– Tu préférerais t'appeler Dupont ?

– Parfaitement ! cria Alexis. Dupont, c'est très bien ! Dupont, Dupont, comme tout le monde !

Puis, se calmant, il murmura :

– Excuse-moi. Un jour je dis ça et un autre jour le contraire. Je vais te rendre *Crainquebille* et je lirai *Les dieux ont soif* puisque
230 tu me dis que c'est de première bourre !

– Je t'apporterai le livre demain, en classe. Et tu pourras le garder.

– Comment ça, le garder ?

– Oui, je te le donne.

235 – Merci, mon vieux. Moi, je ne peux rien te donner. Ce sera toujours la différence entre nous.

Ils se turent, comme si cette conversation les eût vidés de leurs dernières forces. Subitement ils n'avaient plus que des pauvretés à se dire. Après un lourd silence, ils se remirent à parler du lycée.
240 Ils avaient de nouveau quatorze ans et demi. À six heures, Thierry regarda sa montre et grommela :

– Il faut que je file. J'ai donné rendez-vous au chauffeur. Il doit m'attendre en bas.

Ils allèrent à la fenêtre : la Delage vert bouteille était rangée le
245 long du trottoir.

VI

Thierry avait présumé de ses forces. Après une heure et demie de déambulation dans les salles du musée, il se déclara incapable de continuer. Alexis lui-même flanchait devant le nombre et la diversité chatoyante des tableaux qui l'assaillaient de toutes parts.
5 C'était sa première visite au Louvre. Une révélation qui le laissait dans un état d'émerveillement hébété, d'écœurement radieux. En se retrouvant à l'air libre, il avait la tête qui tournait comme s'il

avait bu trop de vin. La Delage les attendait. Ils montèrent en voiture.

10   – Il faudra revenir un jour, dit Thierry. Je voudrais voir les primitifs italiens…

Alexis approuva, bien qu'il préférât à cette incursion parmi les chefs-d'œuvre de la peinture les longues conversations, cœur à cœur, avec son ami. Ce qui l'avait le plus étonné au cours de sa
15 promenade artistique, c'était la profusion de femmes nues qui ornaient les murs. Elles jaillissaient de partout, dans des poses lascives, et nul ne paraissait s'offusquer de cet étalage de seins, de croupes et de ventres. Une toile l'avait particulièrement ému : *La Source*, d'Ingres. Il était resté un long moment en contemplation
20 devant ce corps de jeune fille, à la fois gracile et potelé. Le déhanchement nonchalant, l'ingénuité du regard, la nacre de la peau le fascinaient. Il avait même songé à acheter une reproduction photographique du tableau. Mais il n'avait pas assez d'argent sur lui. C'était Thierry qui avait payé les deux entrées au musée. Et il était
25 pressé de repartir. On les attendait pour le déjeuner. Ce serait la troisième fois qu'Alexis se retrouverait, un dimanche, à la table des Gozelin. La première expérience avait été angoissante, tant il redoutait de manquer aux usages français. Il avait observé Thierry pour savoir comment se tenir, comment se servir. Le va-et-vient du
30 valet derrière les convives l'indisposait. Obsédé par la crainte de déplaire, il ne savait même pas ce qu'il mangeait. Puis, peu à peu, la gentillesse de M. et Mme Gozelin l'avait mis à l'aise. À présent, il aimait ce cérémonial du repas, si différent de ce qui se passait chez lui. Il se sentait léger, décalé, irréel, comme dans un film
35 cinématographique. Cette impression de jouer un rôle, il l'avait même en voiture, avec le dos du chauffeur devant lui. Mais soudain son allégresse baissa d'un cran. Thierry venait de dire :

– Au fait, il y aura mon oncle et ma tante à déjeuner aujourd'hui, avec leur fille Gisèle. Ils ne sont pas gênants. Aussi-
40 tôt après le dessert, on les plaquera pour aller discuter dans ma chambre.

Une appréhension traversa Alexis : ces têtes nouvelles ne lui disaient rien qui vaille. Avec M. et Mme Gozelin, il était presque en famille. Devant des étrangers, la peur le reprenait de paraître
45 maladroit, ridicule, déplacé. Il marmonna :

– Ah bon ? Tu aurais dû me prévenir...

– Qu'est-ce que ça change ?

– Rien...

– Tu sais, ils sont très chic...

50 – Quel âge a-t-elle, ta cousine ?

– Dix-huit ans. Elle est assez jolie... Tu verras, elle te plaira beaucoup.

Ils arrivèrent juste à temps pour se laver les mains avant de passer dans la salle à manger lambrissée de chêne. La nappe
55 blanche, les cristaux, l'argenterie rayonnaient dans la pénombre. L'oncle et la tante de Thierry, M. et Mme Berger, étaient des gens parfaitement aimables et incolores. Leur fille Gisèle, en revanche, avait du piquant. Un visage triangulaire, de larges yeux d'un bleu de faïence, des cheveux bruns coupés « à la garçonne » et une
60 liberté d'allure très moderne. Pendant le repas, elle amusa tout le monde par ses reparties. Elle se tenait au courant des échos mondains et racontait des anecdotes sur des personnalités parisiennes dont Alexis n'avait jamais entendu parler. Ses parents la couvaient des yeux avec attendrissement. Alexis la trouvait odieuse.
65 Soudain elle dit à Thierry :

– Quelle drôle d'idée, d'aller au Louvre ! Ce n'est pas là qu'est la vraie peinture ! Qu'est-ce qui t'a le mieux plu parmi ces vieilleries ?

– Le *Philosophe en méditation* de Rembrandt, répondit-il sans
70 hésiter. C'est d'une force, d'une concentration à vous couper le souffle !

– En effet, concéda-t-elle avec suffisance. Je me le rappelle plus ou moins... Ce n'est pas mal... Et vous ?

Interrogé à brûle-pourpoint par cette grande fille délurée,
75 Alexis perdit contenance. L'attention de tous se fixait sur lui. Il

sentit que son visage flambait. Un éclair le traversa. Pour un être d'élite, la franchise s'imposait en toute circonstance. Soutenant ce regard bleu et moqueur, il murmura :

– *La Source* d'Ingres.

80 Il y eut un moment de stupeur. On eût dit que le modèle du tableau, avec sa nudité moelleuse et sa cruche inclinée, venait de s'asseoir entre les convives. Alexis eut conscience d'avoir commis une gaffe en livrant le fond de sa pensée. Un garçon de son âge n'avait pas le droit de s'intéresser au corps des femmes.

85 M. Gozelin fit une moue comique.

– C'est une belle œuvre, dit-il. L'une des plus réussies de l'artiste.

– Mais très académique ! observa Gisèle avec un petit rire insolent.

90 Alexis ignorait le sens du mot « académique ». Néanmoins il détesta Gisèle pour le peu de cas qu'elle faisait du tableau. Taquine, elle le poussa dans ses retranchements :

– Qu'est-ce qui vous a séduit, au juste, dans *La Source* ? Le sujet, la jeune fille, la facture ?

95 – Tout, dit-il avec une colère contenue.

– C'est vague !

– C'est la vérité. Je trouve… je trouve que c'est très bien… Voilà…

Il avait envie de disparaître sous la table. M. Gozelin changea
100 de conversation. On parla des mesures que Raymond Poincaré était en train de prendre pour sauver le franc. La discussion sur ce grave problème permit d'atteindre le dessert. On but le café au salon. Après quoi, les deux garçons eurent le droit de s'éclipser. Gisèle, comme de juste, resta dans le cercle des grandes personnes.

105 En se retrouvant tête à tête avec Thierry, dans la chambre, Alexis laissa éclater son dépit :

– J'ai été idiot !

– Mais non, mon vieux ! Il faut toujours dire ce qu'on pense. Tu as eu raison pour *La Source*. Moi aussi, ce tableau me fait rêver. J'ai beau mépriser les femmes, par principe, j'avoue que, dans certains cas, je flanche. Ce qu'il y a de terrible, c'est de penser que la fille qui a posé pour Ingres, avec ses allures de pucelle, était peut-être une pouffiasse et qu'il a couché avec elle dans son atelier. Moi, il n'y a que ça qui m'intéresse : coucher. Le reste, c'est de la guimauve. J'attends le moment de m'envoyer en l'air avec une putain quelconque. Tiens, je me donne encore un an avant d'essayer. Que penses-tu de ma cousine ?

– Elle est bien, bredouilla Alexis.

Mais il manquait de conviction.

– Qu'est-ce que ça signifie : « elle est bien » ? Dis tout de suite qu'elle t'agace !

– Elle paraît très sûre d'elle-même.

– C'est un petit genre pédant qu'elle se donne. Mais, au fond, elle est brave fille. Et pas bête avec ça. Elle a passé son bac l'année dernière… « Une femme est toujours plus ou moins à la recherche d'elle-même », comme disait ce sacré coureur de Victor Hugo.

Encore une citation fausse ! pensa Alexis avec émerveillement. Et il demanda :

– Que fait-elle, maintenant ?

– L'école du Louvre, je crois. Mais surtout elle flirte. Elle attend un mari…

On frappa à la porte. C'était Gisèle qui venait prendre congé. Elle partait avant ses parents. Avec une grâce aérienne, elle embrassa Thierry sur les deux joues et tendit la main à Alexis :

– Sans rancune, dit-elle. Je vous ai fait marcher pour *La Source*. Mais c'était tellement comique, votre emballement pour ce tableau ! Je n'ai pas pu résister. Je suis impossible ! Thierry a dû vous le dire…

– Mais non, balbutia Alexis. Au contraire…

Elle le regardait avec une telle gaieté, une telle fraîcheur dans le sourire qu'il en fut remué. Quand elle eut disparu, il se dit qu'il l'avait mal jugée. Il était trop catégorique dans ses appréciations sur les personnes du sexe. Les jeunes filles étaient décidément plus

tire-bouchonnées que les garçons. Avec elles, on ne savait jamais
145 sur quel pied danser. Sans doute était-ce un des secrets de leur
charme. Soudain, Thierry demanda :

– Que feras-tu cet été, pour les grandes vacances ?

– Mais… rien…

– Tu vas rester à Paris ?

150 – Évidemment.

– Nous, nous irons en Haute-Savoie, à Saint-Gervais, comme
chaque année. C'est la montagne. Il y a de belles promenades à
faire. Tu devrais venir avec nous quelques jours…

Assommé par la joie, Alexis s'écria :

155 – Ce serait… ce serait merveilleux !

Il se voyait déjà traversant des forêts de sapins, escaladant des
rochers abrupts en compagnie de son ami.

– On a le temps d'y penser, puisqu'on n'est qu'au mois de
mars, reprit Thierry. Mais tu pourrais déjà en parler à tes parents.
160 Moi, je vais en parler aux miens. Ça m'étonnerait qu'ils re-
fusent. Ils t'ont à la bonne !

De retour chez lui, Alexis fit part à sa mère de la proposition
de Thierry. Elle en parut tout ensemble flattée et inquiète. Un
séjour à la montagne supposait quelques dépenses vestimentaires
165 et un minimum d'argent de poche. Or, le budget de la famille
était très serré, cette année. On se demandait même comment on
pourrait payer le trimestre scolaire. L'économe du lycée s'impa-
tientait.

– Nous verrons ça un peu plus tard, finit-elle par dire. Avec
170 l'aide de Dieu, ton père arrivera peut-être à s'arranger. Je serais si
heureuse que tu puisses partir avec ton ami !

Alexis retomba sur terre. Quand son père rentra d'une course
en ville, Hélène Fedorovna ne lui parla pas du projet d'Alexis.
Celui-ci comprit qu'en insistant il eût blessé ses parents dans leur
175 orgueil. En vérité, sa place était à la maison et nulle part ailleurs.

Le soir même, après le dîner, il décida de rédiger son « cahier-
journal ». Le sujet était tout trouvé : une visite au musée du Louvre.

Cependant il ne parlerait pas de *La Source* d'Ingres. On se moque-
rait de lui, en classe. Il décrirait d'autres tableaux. Le choix était
180 vaste. Il bâcla son devoir avec ennui, le relut, se coucha et éteignit
la lampe de chevet. Mais il ne pouvait dormir. Tantôt il pensait à la
jeune fille de *La Source*, tantôt à Gisèle. Nues l'une et l'autre, elles
se mélangeaient dans sa tête. Subitement il sentit comme un four-
millement vers le bas-ventre. Tout son être se tendait, durcissait
185 dans le désir d'un contact avec une chair inconnue. Sur le point de
mouiller ses draps, il courut se réfugier aux cabinets. Là, le plaisir
le foudroya, les yeux chavirés, la bouche ouverte. Puis, assagi,
délivré, il regagna son lit et essaya d'oublier ses visions de volupté
intempestive. Mais elles le poursuivirent longtemps encore avant
190 qu'il pût trouver le sommeil.

Le lendemain, au lycée, Thierry lui dit :

– Mes parents seraient ravis que tu viennes à Saint-Gervais
avec nous. Et les tiens, leur as-tu demandé ?

– Oui.

195 – Alors ?

– Ils sont très contents, eux aussi, répondit Alexis avec effort.

Et, craignant d'être trop affirmatif, il ajouta :

– Je pense que ça va s'arranger d'une façon ou d'une autre…
En tout cas, je te remercie…

200 Il avait la gorge serrée en pensant que, sans doute, au dernier
moment, il lui faudrait renoncer à ces vacances exaltantes avec son
ami, dans la montagne. Et il ne pourrait même pas lui dire la raison
pour laquelle il se dérobait. Un reste d'amour-propre lui interdisait
d'invoquer la situation difficile de ses parents. De nouveau, il se
205 sentait fils d'émigré jusqu'à la moelle.

Autre mécompte : deux jours plus tard, il reçut une mauvaise
note pour sa relation, dans le « cahier-journal », de la visite au
musée du Louvre.

– C'est banal, lui dit M. Colinard. Vous faites une énuméra-
210 tion de tableaux sans les commenter. On a l'impression que vous
n'avez rien vu, rien éprouvé parmi tant de chefs-d'œuvre !

Cette critique acheva de persuader Alexis qu'il pourrait certes continuer à s'intéresser aux livres, mais qu'il ne serait jamais un véritable écrivain. Il n'en fut nullement attristé, car il savait que
215 seuls l'exemple et l'insistance de son ami l'avaient poussé à rêver d'un avenir littéraire. En revanche, Thierry fut félicité pour son appréciation sur la toile de Rembrandt. Ce n'était que justice.

Pendant une bonne partie du cours, Alexis plana à cent coudées au-dessus du sol. Incapable d'accorder la moindre attention
220 aux explications de M. Colinard sur la psychologie comparée des personnages chez Corneille et chez Racine, il redescendit cependant de ces hauteurs pour considérer obstinément le dos de son camarade Flottier, assis devant lui et qui portait un gilet vert et violet à carreaux. Puis il s'absorba dans la contemplation des
225 particularités du pupitre. Avec son rebord blanc et sa cavité centrale pleine d'un liquide noir, l'encrier de porcelaine, logé dans le bois sombre de la planche, était comme un œil à la pupille dilatée dont le regard immobile l'hypnotisait. Il se rappela l'œil de Dieu qui, selon Victor Hugo, «était dans la tombe et regardait Caïn».
230 Victor Hugo, «ce géant du verbe», comme disait M. Colinard, avait-il été lui aussi, dans sa jeunesse, un élève déçu par une mauvaise note et incertain de son avenir ? Impossible : les vrais génies ne se posaient pas de questions. Seuls les futurs ratés hésitaient à la croisée des chemins.
235 En sortant de classe, Thierry aborda Alexis et lui dit d'emblée :

– Pourquoi n'as-tu pas parlé de *La Source* ?

– Tous les copains auraient rigolé ! Comme Gisèle...

– Et alors ? On s'en fout des copains ! On s'en fout de
240 Gisèle ! Tu aurais pu aussi raconter tes souvenirs de Russie.

– Je t'ai déjà dit que je ne le ferais pour rien au monde !

– Tu me les as bien racontés, à moi !

– Toi, c'est autre chose. On est frères !

Le visage de Thierry se figea dans une expression de gravité
245 sentencieuse.

– Tu as raison, murmura-t-il. Nous sommes deux êtres à part. Nous n'avons rien de commun avec les autres. Toi à cause de tes origines, moi à cause de mon infirmité. La vie ne nous séparera jamais.

250 Le tohu-bohu de la récréation les assourdissait. Comme d'habitude, ils s'isolèrent de la bousculade imbécile de leurs camarades en se réfugiant dans un coin de la cour pour parler littérature. Thierry évoqua l'amitié intellectuelle entre Montaigne et La Boétie. « Des types dans notre genre ! » annonça-t-il avec un grand rire.

255 Alexis ne savait rien de ces deux personnages, sauf ce qu'en avait dit M. Colinard, en classe, à l'occasion d'une citation des *Essais*. Il songea que l'ironie de Thierry cachait un fond de vérité : leurs relations, si franches, si chaleureuses, étaient comme celles de Montaigne et La Boétie, incompréhensibles au commun des mor-

260 tels. La vie monotone du lycée les contournait sans les atteindre. Parvenu à cette certitude, il constata soudain qu'il n'était pas pressé de voir venir les grandes vacances.

La suggestion de Thierry, qu'Alexis avait d'abord repoussée avec humeur, continua de le harceler les jours suivants. Le

265 dimanche, il doutait déjà du bien-fondé de son refus ; le lundi, il gribouillait, à tout hasard, des phrases révélatrices ; et le mardi il rédigeait, pour le prochain « cahier-journal », quelques souvenirs sur la fuite de la famille Krapivine hors de Russie.

Ayant remis sa copie à M. Colinard, il attendit le verdict avec

270 angoisse. Il regrettait à présent de s'être laissé aller à une confession dont personne, hormis ses parents, ne pouvait apprécier la sincérité. Mais, le vendredi, M. Colinard annonça que c'était lui qui avait mérité la meilleure note. Suprême consécration, le professeur lut en classe trois passages du texte. Quand il eut fini,

275 plusieurs élèves applaudirent. Suffoqué de fierté et de gratitude, Alexis se tourna vers Thierry et lui cligna de l'œil. À ce moment, une voix gouailleuse s'éleva du fond de la salle :

– C'est pas juste, monsieur : il a tout inventé !

Évidemment, il s'agissait de l'inévitable Dugazon. Un cancre,
280 un idiot facétieux. Mais l'accusation de tricherie blessa Alexis au
point qu'il voulut se ruer sur son détracteur pour l'assommer. Son
voisin, Lavalette, le retint par la manche :

– Laisse : il dit ça pour t'emmerder !

M. Colinard imposa silence à la classe houleuse et conclut :
285 – Je suis sûr que Krapivine a vécu tout ce qu'il raconte.
D'ailleurs, même s'il a quelque peu brodé sur la réalité, il mérite
d'être félicité, car son devoir est rédigé avec soin et sentiment.

L'incident était clos. Mais, malgré les compliments du professeur et les regards admiratifs de Thierry, le bonheur d'Alexis était
290 entaché d'amertume. L'idée qu'un de ses camarades français, fût-il
un pitre malveillant, pût le soupçonner de n'avoir pas dit la vérité
le révoltait comme une cinglante avanie. Il lui semblait qu'en
contestant ses souvenirs on lui volait un bien précieux, un trésor
de famille, le meilleur de lui-même. Et pourtant, il s'agissait d'un
295 passé qu'il récusait et qu'il regrettait presque d'avoir raconté dans
le « cahier-journal ». Allez donc y comprendre quelque chose !

Pendant la récréation, Thierry s'approcha de lui et proféra
d'un ton doctoral :

– Chapeau !
300 Ce seul mot desserra le cœur d'Alexis et les larmes lui montèrent aux yeux, sans qu'il sût au juste ce qui lui faisait le plus
plaisir : l'approbation de son ami ou la pensée que ses parents
eussent été contents de savoir qu'il avait évoqué, en classe, parmi
des Français, leur tragique exode de Russie. Cependant, par un
305 étrange réflexe de pudeur, une fois rentré à la maison il ne fit pas
allusion devant eux au sujet qu'il avait choisi pour son récit de la
semaine.

VII

Depuis le début du dîner, Alexis s'efforçait de paraître intéressé par la conversation de ses parents avec leurs invités, M. et
Mme Goutouïev. Mais il avait déjà entendu cent fois ces considé-
rations désabusées sur les faiblesses de la politique française face
5 aux Soviets, sur les absurdes dissensions entre les émigrés, dont les
uns étaient monarchistes et les autres libéraux, et sur la difficulté
de trouver une situation honnête et bien rémunérée à Paris. Au
vrai, les Français se moquaient gentiment de ces exilés au passé
prestigieux, devenus chauffeurs de taxi, tourneurs sur métaux ou
10 portiers dans des boîtes de nuit. Mme Goutouïev, qui était une
personne potelée, alerte et volubile, raconta comment elle avait
décroché, grâce aux «petites annonces», un emploi de «bobi-
neuse», sans même savoir en quoi consistait ce travail. Engagée
sur sa bonne mine, elle avait été saisie de panique en pénétrant
15 dans l'atelier plein de femmes en blouse grise. Heureusement, un
contremaître, «tout ce qu'il y a de plus français», apprenant qu'elle
était russe, s'était apitoyé sur son sort et l'avait rapidement initiée
à la technique de l'enroulement des fils électriques sur le noyau. La
raison de cette faveur était simple : le brave homme, un ancien
20 combattant, se vantait d'avoir débarqué avec une division française à Odessa, en décembre 1918, pour soutenir les Blancs contre
les bolcheviks. Pendant son bref séjour là-bas, il avait appris une
dizaine de jurons russes et les éructait au milieu du gynécée [1] où
s'affairaient les ouvrières françaises. Ravie, Mme Goutouïev l'avait
25 invité à dîner chez elle.

– C'est quelqu'un de très simple, dit-elle. Mais, pour nous
autres émigrés, ce qui compte, c'est le cœur !

---

1. *Gynécée* : lieu où seules les femmes vivent et travaillent.

– En tout cas, observa M. Goutouïev, il a un bon coup de fourchette. Et il aime la cuisine russe !

30 – Il n'est pas le seul à Paris ! rétorqua Hélène Fedorovna. Nous avons eu à déjeuner, voilà quelques jours, un ami de lycée de notre fils, un jeune Français. Eh bien, il a beaucoup apprécié mes zakouski ! Son appétit faisait plaisir à voir.

Cette allusion à Thierry éveilla Alexis de sa torpeur. De nou-
35 veau accroché, il se retrouvait de plain-pied avec le monde des autres. À présent, Mme Goutouïev parlait de ses deux fils, Ivan et Gleb, âgés de dix et douze ans, qui, eux aussi, étaient externes dans un lycée français, le lycée Janson-de-Sailly.

– Cependant, disait-elle, j'ai voulu qu'à côté de l'enseigne-
40 ment qu'ils reçoivent en classe ils soient fortement imprégnés de nos traditions nationales. Aussi les ai-je inscrits dans une forma-tion de boy-scouts russes. Ils y vont tous les dimanches. On leur apprend les chants patriotiques, le salut au drapeau... Vous devriez y envoyer votre Aliocha !

45 À ces mots, Alexis s'empourpra et baissa la tête. Tout plutôt que cette pantalonnade[1] au nom d'un passé légendaire et d'un pays perdu ! Devinant la pensée de son fils, Hélène Fedorovna dit avec douceur :

– Je doute qu'Aliocha trouve du plaisir à ce genre de passe-
50 temps !

– Il ne s'agit pas d'un passe-temps, mais du meilleur moyen d'exalter, chez nos jeunes, le culte de la patrie !

Georges Pavlovitch intervint à son tour :

– Évidemment, c'est très bien... Cependant, chacun est russe
55 à sa façon... La façon d'Aliocha est plus discrète, plus secrète...

– Tout de même, vous devriez essayer. Le résultat est étonnant. Ivan et Gleb sont des anges depuis qu'ils participent à ces réunions !

Alexis rongeait son frein en silence. Il savait gré à ses parents
60 d'avoir pris spontanément sa défense, alors que tout les poussait

---

1. *Pantalonnade* : bouffonnerie ; scène ou discours ridicule.

à donner raison au couple Goutouïev. On en était déjà au dessert, et il suait d'angoisse sous le regard des grandes personnes. Son seul espoir maintenant était qu'on ne l'interrogeât pas directement sur les motifs de son refus. Soudain Mme Goutouïev, se penchant vers lui, murmura d'une voix engageante :

– Si tu allais là-bas, tu pourrais te faire de bons camarades parmi les enfants russes. Il y en a de charmants, et tous sont d'excellente famille !

– Je ne cherche pas à avoir de nouveaux camarades, marmonna Alexis.

Elle insistait :

– Mais pourquoi ? Qu'est-ce qui te rebute ? Ce n'est pas le fait qu'ils soient russes, quand même ?

– Non.

– Alors ? Explique-toi, Aliocha.

Alexis jeta un regard désespéré à sa mère. De toute évidence, elle souffrait de le voir sur la sellette. Une fois de plus, elle répondit pour lui :

– Aliocha a son idée là-dessus... Je crois qu'il faut laisser faire le temps...

– Et moi, trancha M. Goutouïev, je crois qu'en laissant faire le temps nous rendrions un mauvais service à notre jeunesse. Si nous négligeons d'entretenir chez nos enfants le respect des valeurs sacrées qui ont fait la gloire de la Russie, ils n'auront bientôt plus ni souvenirs, ni patrie, ni nostalgie, ni déférence envers leurs ancêtres, ni rien !...

C'était un homme râblé et moustachu qui, même habillé en complet-veston, avait l'air de porter l'uniforme. Ex-colonel dans l'armée de Wrangel, et présentement employé dans une entreprise de plomberie, il clouait Alexis d'un regard sévère.

– Ils auront autre chose, dit Hélène Fedorovna.

– Alors, vraiment tu ne veux pas ? reprit Mme Goutouïev en revenant à Alexis. Si tu te décidais, ce serait très facile : je demanderais à Ivan et à Gleb de passer te prendre...

95 Subitement, un nuage de colère aveugla Alexis. Bondissant de
sa chaise, il hurla :

– Non, non, non !

Et il sortit de la pièce en courant. Mais où se cacher après un tel
éclat ? Épouvanté par l'ampleur du scandale qu'il avait provoqué
100 sans réfléchir aux conséquences, il se réfugia dans la chambre de
ses parents. Écroulé sur le lit, il s'accusait maintenant de n'avoir
pas su se dominer. En affrontant les Goutouïev, n'était-ce pas son
père et sa mère qu'il avait offensés ? Et il les aimait tant ! Comment
pouvait-il le leur faire comprendre, alors qu'il était si loin de leurs
105 préoccupations et de leurs préférences ? « Je suis une brute, un
égoïste, un monstre ! » se répétait-il. Des hoquets de chagrin rageur
lui cassaient la poitrine.

La porte s'ouvrit silencieusement. Hélène Fedorovna parut
sur le seuil. Son visage était calme.

110 – Je pense que tu as réfléchi, Aliocha, dit-elle. Tu vas immédiatement présenter tes excuses à nos amis.

– Mais je n'irai pas au camp des scouts russes ! bafouilla-t-il.

– Tu feras ce que tu voudras.

Alexis lut, dans les yeux de sa mère, un mélange de tendresse
115 et de reproche, de tristesse et d'interrogation qui acheva de le
déboussoler. La tête embrumée, il se leva et la suivit. Quand il
entra dans la salle à manger, tous les regards se tournèrent vers
lui. Ce fut d'un pas hésitant qu'il s'avança vers le tribunal. Par
extraordinaire, M. et Mme Goutouïev ne semblaient pas trop mal
120 disposés à son égard. Ils souriaient même en le dévisageant,
comme si cet intermède n'eût pas été aussi dramatique qu'il
l'avait imaginé.

Alexis aspira une grande bouffée d'air avant de s'élancer dans
le vide. Il lui en coûtait de s'humilier ainsi, mais il devait à ses
125 parents ce sacrifice d'amour-propre.

– Je vous demande pardon, prononça-t-il d'une voix à peine
perceptible.

– N'en parlons plus ! s'écria M. Goutouïev. J'aime que la jeunesse ait le sang vif. Au régiment, nous disions qu'un cheval qui
130 ne se cabre jamais pendant le dressage ne mérite pas la selle mais les brancards !

– Assieds-toi, Aliocha, lui dit son père.

Alexis s'exécuta, honteux de l'indulgence générale. Le dessert attendait dans son assiette : du kissel*. Il n'aimait pas beaucoup
135 cette tremblotante gelée de fruits. Mais sa mère s'obstinait à en faire au moins une fois par semaine. C'était russe, donc c'était bon ! Il mangea, le dos rond, le nez bas, à petites cuillerées. Personne ne s'occupait plus de son affaire. À mille verstes* de lui, ses parents et leurs invités étaient repartis dans la chasse aux
140 souvenirs.

VIII

La famille venait de passer à table pour le déjeuner lorsqu'on sonna à la porte d'entrée. Alexis alla ouvrir et se trouva devant un jeune télégraphiste qui apportait un pneumatique à l'adresse de « Monsieur Krapivine ». Ayant pris connaissance de la lettre,
5 Georges Pavlovitch haussa les sourcils dans une expression amusée et, se tournant vers sa femme, lut à haute voix, en russe : « Cher ami, pouvez-vous passer me prendre aujourd'hui à quatre heures ? Nous irions ensemble chez Zlobov. C'est un bon avocat. Je l'ai mis au courant de tout. Il y a peut-être du nouveau
10 pour notre affaire. » C'était signé « Lioubovine ».

Alexis savait, par ses parents, que ce personnage, aujourd'hui totalement désargenté, avait été autrefois le président de la fameuse « Compagnie pour le développement des échanges internationaux », dont Georges Pavlovitch était actionnaire. Depuis
15 1921, Lioubovine s'efforçait en vain d'obtenir la restitution des avoirs de la société, à Londres. Personne ne croyait qu'il y

parviendrait. Georges Pavlovitch le traitait même d'«utopiste»,
ce qui, de la part d'un homme aussi léger que lui, était un
comble. Or, ce billet laconique laissait entendre qu'un espoir se
20 profilait à l'horizon. Georges Pavlovitch glissa le papier dans sa
poche et grommela :

    – Drôle d'histoire !

    – Tu comptes y aller ? demanda Hélène Fedorovna.

    – Bien sûr ! On ne sait jamais…

25   Le soir, il revint à la maison dans un état d'excitation anor-
male. Comme prévu, il s'était rendu, avec Lioubovine, chez l'ex-
avocat moscovite. Et Zlobov, qui n'avait pas le droit d'exercer en
France mais était le conseiller juridique préféré des milieux de
l'émigration, leur avait certifié que la cause était plaidable. Il était
30 même prêt à s'en occuper sans exiger le versement d'une provi-
sion. En cas d'issue favorable, il se paierait sur l'argent arraché
aux coffres anglais. Il allait d'ailleurs alerter un attorney de ses
relations, à Londres. Mais la procédure ne pouvait être engagée
qu'avec l'accord de la majorité des actionnaires. Heureusement,
35 Lioubovine connaissait l'adresse de la plupart d'entre eux, qui
avaient fui la Russie au moment du soulèvement bolchevique
pour se réfugier en France, en Grande-Bretagne, en Allemagne,
en Belgique… Dès demain, il leur expédierait des convocations
en bonne et due forme pour une assemblée générale. Ceux qui
40 seraient empêchés de venir n'auraient qu'à envoyer leur pouvoir
au président, et le tour serait joué.

    Alexis écoutait son père avec une stupéfaction émerveillée.
Peut-être, en effet, ce rêveur incorrigible avait-il raison de croire à
un brusque retour de fortune ? Il avait, en parlant, le visage d'un
45 prestidigitateur qui tire un lapin de son chapeau haut de forme.

    – Rends-toi compte, Hélène, s'écria-t-il, si nous réussissons
comme le croient Lioubovine et Zlobov, notre vie changera du
tout au tout ! Je ne me traînerai plus de porte en porte avec ma
mallette pleine d'échantillons ! Je monterai ma propre affaire
50 d'articles de bureau ! La France deviendra pour nous un paradis…

Selon son habitude, Hélène Fedorovna jeta une pelletée de cendres sur la flamme :

– Ne t'emballe pas, Georges. Rien n'est encore gagné. Les banques, qu'elles soient françaises ou anglaises, ne lâchent pas si facilement les capitaux de leurs clients. Elles ont des avocats coriaces !

– D'après Zlobov, nous avons le droit pour nous ! Il suffira que l'assemblée générale se réunisse régulièrement pour que les Anglais capitulent.

– Et quand se réunira-t-elle, cette assemblée générale ?

– Je ne sais pas au juste : il y a des délais légaux à observer. Zlobov nous prêtera son appartement pour la séance.

– Ne m'as-tu pas dit autrefois que nous avions très peu de chose à Londres ?…

– C'est exact ! Mais même ce peu de chose suffira pour nous remettre à flot ! Qu'on me donne le tiers, le quart, le dixième de ce qui devrait me revenir d'après le nombre de mes actions, et je serai le plus heureux des hommes !

À table, pendant le dîner, Georges Pavlovitch évoqua les achats qu'il ferait dès le versement de l'argent anglais : robes élégantes pour sa femme, costumes de flanelle légère pour Alexis et pour lui, meubles de qualité pour remplacer le bric-à-brac dont on s'était contenté depuis quatre ans. Il envisageait aussi de changer d'appartement. Tout en refrénant, par principe, l'enthousiasme de son mari, Hélène Fedorovna paraissait ébranlée. Quant à Alexis, il osa demander avec un espoir fou :

– Dans ce nouvel appartement, papa, est-ce que j'aurai ma chambre ?

– Bien sûr ! Une grande chambre, avec des rayonnages aux murs pour les livres et un bureau avec beaucoup de tiroirs !…

La tête d'Alexis partit à la dérive. Gagné par la contagion de l'allégresse, il se voyait déjà au milieu d'une bibliothèque garnie d'autant de volumes que celle de Thierry.

– Ah ! si tout cela était vrai ! soupira Hélène Fedorovna. Mais
tu me fais peur, Georges, en parlant ainsi !

Elle se défendait d'être superstitieuse, mais craignait toujours
d'attirer le mauvais sort en prévoyant le succès d'une affaire.

– Quand crois-tu que… que ce sera possible ? ajouta-t-elle
timidement.

– D'après Zlobov, les choses peuvent aller très vite, répondit
Georges Pavlovitch. Il pense que les Anglais n'iront pas jusqu'au
procès et accepteront une solution de compromis, avec une forte
réduction de la somme demandée par nous. Cela devrait même se
faire avant l'été !

– Dans ce cas, nous pourrions peut-être aller tous les trois en
vacances au bord de la mer, hasarda Hélène Fedorovna.

À ces mots, Alexis eut un léger pincement au cœur. Au lieu de
partir pour une quelconque station balnéaire avec ses parents, il
eût préféré accompagner les Gozelin à Saint-Gervais, ainsi que
Thierry le lui avait proposé. Comment le leur faire comprendre
sans les froisser ? Après un instant de dépit, il eut honte de son
égoïsme et se tut, absent jusqu'à la fin du repas.

Plus tard, couché dans son lit, il se raisonna. Au fait, il pourrait
passer quelques jours avec ses parents d'abord et se rendre ensuite
à Saint-Gervais. De cette façon, il aurait de doubles vacances : mer
et montagne. Comme les jeunes Français de la meilleure société !
Cette idée le réconcilia avec le projet de sa mère.

Pendant plusieurs semaines, il participa à l'euphorie familiale.
On vivait dans l'attente de la grande assemblée pour laquelle les
convocations étaient parties en temps voulu, par lettres recomman-
dées. Bien entendu, Alexis ne comprenait rien à ces histoires de
capitaux bloqués en Angleterre, de réunion d'actionnaires, de
menace de procès, mais il sentait que soudain tout ce qui était immobile et triste dans l'existence de ses parents se mettait à bouger, à
danser et qu'ils allaient peut-être s'élancer vers un destin extraordinaire. Le soir, dans la salle à manger, une fois la table desservie,
Georges Pavlovitch triait des documents russes anciens – comptes

rendus de conseils d'administration, reconnaissances de dettes péri-
mées, titres de propriété caducs –, étageait des additions, transposait
120 des roubles en livres et des livres en francs. Alexis ne le reconnaissait
plus dans cet homme important et sûr de lui. Tout à coup, son père
était devenu un vainqueur. Comme M. Gozelin.

Le jour fixé pour l'assemblée générale était un dimanche.
Georges Pavlovitch quitta la maison à trois heures de l'après-
125 midi, une serviette bourrée de papiers sous le bras, les traits ten-
dus, l'œil étincelant de mâle décision. Penchés à la fenêtre, Alexis
et sa mère le regardèrent s'éloigner dans la rue et, comme il se
retournait, agitèrent la main pour lui souhaiter bonne chance.

Lorsqu'il revint, à six heures et demie du soir, il était mécon-
130 naissable. Pâle, voûté, le regard fuyant, il semblait avoir été roué
de coups dans un combat inégal. Hélène Fedorovna le conduisit
jusqu'au fauteuil et l'obligea à s'asseoir. Pendant un long
moment, il garda le silence, entre sa femme et son fils qui l'obser-
vaient avec anxiété. Puis il balbutia :

135 – Le quorum n'a pas été atteint.

– Cela veut dire quoi ? demanda Hélène Fedorovna.

– Il n'y avait qu'une dizaine d'actionnaires présents sur
cinquante-quatre ! Cet imbécile de Lioubovine était mal renseigné
sur ceux qui étaient restés en URSS. On n'a pas pu les joindre,
140 bien sûr ! Mais même certains émigrés résidant en France, en
Angleterre, en Allemagne ne se sont pas rendus à la convocation.
Plusieurs lettres sont revenues à Lioubovine avec la mention :
«N'habite pas à l'adresse indiquée» ou «Parti sans laisser
d'adresse»…

145 – Alors, toute l'affaire est à l'eau ?

– Pas précisément… Zlobov va faire des recherches, relancer
les autres… Mais cela prendra du temps !…

– Combien ?

– Comment veux-tu que je sache ?… Des mois, des années
150 peut-être… En tout cas, si nous n'arrivons pas à réunir une majorité conforme aux dispositions des statuts, la banque de Londres

refusera de nous rembourser, même partiellement... Zlobov lui-même me l'a laissé entendre...

Alexis plaignait son père à en avoir la gorge nouée et, en même temps, il le comparait à un enfant qui croit jouer pour de l'argent alors qu'il n'a misé que des haricots.

– N'en parlons plus, murmura Hélène Fedorovna. Nous étions heureux avant, nous essaierons de l'être après, voilà tout...

– Mais je n'ai pas dit mon dernier mot ! s'écria Georges Pavlovitch en redressant soudain la tête.

– Oui, oui, Georges...

– Je vais secouer Zlobov !

– Oui.

– Ou bien prendre un autre avocat !

– C'est ça !

Après une longue pause, Georges Pavlovitch regarda sa femme avec une suppliante tendresse et dit à voix basse :

– Tu n'as plus confiance ?

– Non.

– Eh bien, je t'étonnerai ! Tu finiras par me donner raison !

Il se leva, bomba le torse, essaya pauvrement de sourire et demanda s'il ne restait pas un peu de vodka pour égayer le dîner dont le plat de résistance était un gratin de macaronis.

Pendant quelques jours, on se berça encore du mirage britannique. Georges Pavlovitch eut plusieurs entrevues avec Zlobov. À chaque visite, l'avocat se montrait plus réticent. Bientôt, on évita de parler, à la maison, de la banque de Londres. Sur le conseil de sa femme, Georges Pavlovitch limita ses ambitions à rapporter de meilleures commandes de papier carbone, de tampons encreurs et de rubans de machine à écrire. En le regardant s'échiner pour quatre sous, Alexis se persuadait un peu plus que l'exil de ses parents était fatal et sans issue. On eût dit que, sur terre, il y avait les Blancs, les Noirs, les Jaunes, et enfin une race à part : les émigrés. Et nul ne pouvait s'évader de cette condition d'émigré comme nul ne pouvait changer la couleur de sa peau.

IX

Après les fêtes de Pâques, l'humeur de Georges Pavlovitch s'assombrit : il n'était pas content de la politique française. Au mois de mai, les élections avaient donné une majorité au cartel des gauches. C'était de mauvais augure, disait-il, pour l'émigra-
5 tion russe, qui craignait toujours un rapprochement de la France avec les Soviets. Le président de la République, Alexandre Mille-rand, avait d'ailleurs démissionné. À sa place, le Parlement avait élu Gaston Doumergue. D'autre part, Édouard Herriot succédait à Raymond Poincaré à la tête du gouvernement. Cette dernière
10 nomination inquiétait fort Georges Pavlovitch : selon lui, Édouard Herriot, avec ses idées radicales, allait faire pencher le pays vers le socialisme. Or, le socialisme, on l'avait vu en Russie, préparait le terrain au communisme, au désordre, à la révolution. Déjà les affaires marchaient moins bien, le chiffre des commandes baissait
15 de semaine en semaine. Devant cette déconfiture, Alexis n'osait plus parler à ses parents de Saint-Gervais. À la mi-juin, ses der-niers espoirs s'évanouirent. Un matin, après le départ de son père pour le travail, sa mère lui annonça que décidément leurs reve-nus étaient insuffisants et qu'il devait renoncer à son projet de
20 vacances chez les Gozelin. Il s'attendait à ce refus, mais la décep-tion qu'il en ressentit fut telle qu'il resta un moment sans voix. L'air désemparé et comme fautif de sa mère lui donna le courage de surmonter le choc. Par pitié pour elle, il murmura :

– Ça ne fait rien. Paris, l'été, ce n'est pas désagréable non plus !
25 Elle ne fut pas dupe et répliqua d'un ton humble :

– Tu sais, si nous avons pris cette décision, ton père et moi, c'est que, d'après nos calculs... Ah ! si nous avions touché un peu de cet argent d'Angleterre, je te parlerais autrement...

– Je sais, maman. Ne te fais pas de souci. Tout ira bien.

30 En arrivant au lycée, il dit à Thierry, tandis que les élèves se mettaient en rangs dans la cour :

– C'est foutu, mon vieux. Je ne pourrai pas aller avec toi à Saint-Gervais.

– Mais pourquoi ?

35 Alexis hésita sur la formule à employer et finit par répondre évasivement :

– Des difficultés de famille…

Thierry lui jeta un regard si aigu qu'il se sentit deviné jusqu'au fond, malgré ses réticences. Un moment, il craignit que son ami ne
40 le poussât à confesser la vraie raison de sa dérobade. Mais Thierry respecta son secret et dit simplement :

– Dommage ! Et tu crois que c'est définitif ?

– Oui.

– Mes parents seront très déçus…

45 Ils rentrèrent en classe et, jusqu'à la fin de la journée, il ne fut plus question entre eux de cette occasion manquée. Mais, le sur-lendemain, Hélène Fedorovna reçut un court billet de Mme Goze-lin et le lut à son fils. Mme Gozelin la priait de venir prendre le thé chez elle, un jour de son choix, « pour parler de nos enfants ». Elle
50 ajoutait : « Nous serons toutes les deux. » Les Krapivine n'avaient pas le téléphone, bien que Georges Pavlovitch prétendît, depuis deux ans, qu'il était urgent de le faire installer pour faciliter son activité commerciale. On reculait toujours devant la dépense. Hélène Fedorovna descendit dans un café pour appeler sa corres-
55 pondante.

En revenant du lycée, Alexis trouva que sa mère avait une mine préoccupée.

– Je vais demain chez la mère de ton ami, dit-elle.

À cette idée, il fut saisi d'une appréhension inavouable. Sa
60 mère n'allait-elle pas détonner, par sa toilette, son accent, ses manières, dans le salon des Gozelin ? Il s'entendit demander :

– Comment vas-tu t'habiller ?

– Je n'y ai pas réfléchi… Ma robe beige sans doute et mon chapeau à rubans mordorés…

65 Alexis n'aimait pas ce chapeau. Il le jugeait ridicule, avec ses bords de paille blonde ondulés et ses coques de satin feuille-morte qui recouvraient la coiffe. Mais il n'osa pas le dire. Il eût voulu que tout le monde admirât sa mère et il avait peur que ce ne fût pas le cas. Du moins parmi les Français. Ils étaient si moqueurs !
70 On prétendait que c'était une des caractéristiques de la race. Gisèle, par exemple, ne vivait que pour critiquer et pour rire. Puis il se demanda ce que ces deux mères, qui n'avaient rien de commun, allaient pouvoir se dire en prenant le thé. L'éducation de leurs enfants n'était pas un sujet inépuisable. Et, pour le reste,
75 elles appartenaient à des mondes si différents qu'une conversation entre elles se révélerait vite laborieuse. Tout en déplorant cette entrevue, Alexis était anxieux d'en connaître le résultat. Le lendemain, il attendit avec impatience le retour de sa mère. Elle ne rentra qu'à sept heures du soir. Sous son bibi surchargé de
80 rubans, son visage rayonnait de contentement et d'assurance.

– Mme Gozelin a été charmante ! dit-elle en ôtant son chapeau. Nous avons bavardé comme deux vieilles amies. Elle a beaucoup d'affection pour toi. Elle estime que tu as une excellente influence sur son fils, qu'il a changé, qu'il est devenu plus
85 gai depuis qu'il te connaît. Et, bien entendu, elle a insisté pour que tu les accompagnes à Saint-Gervais !

– Tu lui as expliqué que c'était impossible, dit Georges Pavlovitch, qui assistait à l'entretien.

– J'ai essayé, mais elle avait réponse à tout. Ils possèdent un
90 chalet, là-bas, où Aliocha aura sa chambre. Ils iront en voiture…

À chaque précision nouvelle, Alexis se haussait d'un degré dans l'allégresse.

– N'est-ce pas un peu gênant, cet arrangement avec des gens que nous connaissons à peine ? objecta Georges Pavlovitch. Nous
95 faisons figure de quémandeurs…

– Ce sont eux, les quémandeurs ! s'exclama Hélène Fedorovna. Si tu savais comme ils tiennent à avoir Aliocha avec eux
pour faire plaisir à leur fils !... La santé de Thierry les inquiète
beaucoup. Ils sont prêts à tous les sacrifices pour lui donner un
100 peu de bonheur. C'est terrible, pour un garçon de son âge, d'être
bossu. En allant à Saint-Gervais, Aliocha ne passera pas seulement là-bas un séjour agréable, il fera une bonne action. Je crois,
Georges, que nous devons accepter !

Sous des dehors autoritaires, Georges Pavlovitch s'inclinait
105 toujours devant les volontés de sa femme.

– Tu as raison, dit-il. Il faut qu'il y aille !

Alexis sauta au cou de sa mère, se pressa contre la poitrine de
son père et, reculant d'un pas, déclara avec force :

– Ce seront les plus formidables vacances de ma vie !

110 Il avait envie de taper du pied dans un ballon, de donner des
coups de poing dans un oreiller. Et il restait sur place, comme
paralysé par l'excès même de sa joie.

À table, pendant le dîner, il observa sa mère et la trouva plus
belle que jamais, avec son visage régulier au menton un peu
115 lourd, son doux regard bleu et ses petites mains aux doigts effilés
qui jouaient légèrement du couteau et de la fourchette. La vaisselle lavée, elle s'assit devant l'ouvrage de tapisserie qu'elle avait
commencé la semaine dernière. Elle ne savait pas rester inactive.
Cette tapisserie, au point de croix, représentait l'oiseau de feu de
120 la légende russe, sur un fond noir. Hélène Fedorovna comptait
en recouvrir l'unique fauteuil de la salle à manger, dont le velours
était usé jusqu'à la trame. Alexis s'assit en face d'elle et se laissa
engourdir, avec ravissement, par la contemplation des fils multi-
colores.

125 Le jeudi suivant, il se rendit chez Thierry et ils discutèrent avec
fièvre des excursions qu'ils feraient dans la région. Tous les sentiers leur appartenaient. Ils volaient de sommet en sommet. À leurs
pieds, s'étendaient des vallées industrieuses et calmes.

– Je te guiderai, disait Thierry. Je connais des coins superbes !
130 Au fait, je suppose que tu n'as pas de chaussures de montagne…

Alexis avoua que non.

Aussitôt, Thierry alla chercher dans un placard une paire de solides godillots, lacés jusqu'aux chevilles.

– Essaie-les, ordonna-t-il.

135 Alexis s'exécuta en riant. Miracle : les souliers étaient à sa pointure ! Tout concourait au succès de l'entreprise. Thierry insistait :

– Tu sais, il fait frais, là-bas, le soir. Il te faudrait également un gilet. Passe voir celui-ci ! Il m'est trop petit, mais il t'ira peut-être !

Le gilet, lui aussi, se révéla être à la taille d'Alexis.

140 – Te voilà paré ! s'écria Thierry. Ah ! vivement qu'on parte ! La boîte commence à me peser, pas toi ? À propos, où en es-tu des *Dieux ont soif* ?

Alexis avait lu la moitié du livre sans parvenir à se former une opinion :

145 – C'est bien. Mais il y a beaucoup de personnages, beaucoup d'événements, beaucoup de politique. On s'y perd un peu !

– Va jusqu'au bout et nous en rediscuterons, dit Thierry. À mon avis, c'est le meilleur bouquin du père Anatole. Après, je te refilerai les œuvres de Rimbaud. C'est tout autre chose ! Là, tu
150 seras obligé de t'agenouiller !

Et il lui récita quelques vers du *Bateau ivre*. « Il aime la nature, la marche, le grand air et il aime la poésie ; il aime le rire et il aime la méditation, se dit Alexis avec élan. C'est vraiment un homme complet. Il faut que j'arrive à lui ressembler coûte que coûte ! » En
155 le quittant, il avait des ailes aux talons. Les gros brodequins, unis par leurs lacets, pendaient en travers de son épaule. Il tenait sous son bras le gilet de laine, roulé en tapon. Évidemment, tout cela il le devait à Thierry. Il était l'obligé des Gozelin. Mais il n'y avait pas de place pour la honte dans une telle amitié. En arrivant à la
160 maison, il brandit les godillots devant sa mère et s'écria gaiement :

– Regarde ce que je rapporte ! De vrais souliers de montagne ! Et je suis fantastiquement bien dedans !

X

Malgré la fenêtre ouverte, il faisait très chaud dans la chambre. Alexis rejeta la couverture et se dressa à demi, dans le noir, sur son séant. Impossible de fermer l'œil après une journée si bien remplie. Depuis son départ de Paris, la semaine dernière, il vivait dans
5 le tourbillon d'un kaléidoscope. La traversée de la France en voiture, avec une nuit passée dans un grand hôtel, à Lyon, pour couper le voyage, l'arrivée à Saint-Gervais dans le confortable chalet, niché au creux de la verdure, où les domestiques, venus la veille par le train, étaient déjà au travail, les promenades dans les
10 environs, tout l'émerveillait, il ne voyait pas de fin à ses découvertes. En vérité, c'étaient ses premières vraies vacances, sa première évasion hors de la ville, son premier plongeon dans la campagne française. Un jour, avec Thierry et ses parents, il avait pris le petit tramway du Mont-Blanc jusqu'au col de Voza et avait
15 reçu dans les yeux l'éblouissement de la chaîne des pics neigeux. Une autre fois, on était allés à Chamonix et, par le funiculaire du Montenvers, jusqu'au chaos blanc de la mer de Glace. En abordant cette tempête furieuse, figée pour l'éternité, il s'était cru transporté sur la lune. Aujourd'hui, ç'avait été les gorges de la Diozaz
20 et leur torrent fou. On avançait sur des passerelles de planches audessus du fracas des eaux. Les parois de roches verticales vous écrasaient de leurs masses sombres. L'abîme vous soufflait au visage une haleine humide et froide. Les voix se perdaient dans ce vacarme constant. C'était une vision d'enfer, avec le ciel bleu par-
25 dessus. Mais il y avait aussi, non loin de là, les sentiers escarpés, bordés de fleurs sauvages, les vieux chalets aux toits pentus, les prairies où paissaient des vaches rousses, avec une grosse cloche

au cou. Le tintement des clarines[1] s'entendait, à l'aube, jusqu'à la chambre. Ce bruit léger berçait les réveils d'Alexis.

30 Pour l'instant, la nuit était profonde et silencieuse. Sans allumer sa lampe de chevet, Alexis se leva et s'approcha de la fenêtre. La lune voguait derrière d'énormes flocons de nuages. Sa clarté diffuse révélait, à l'horizon, l'imposante architecture d'une chaîne de montagnes aux méplats d'argent, aux failles de ténèbres. Une

35 exaltation quasi religieuse le souleva. Il était dans une église sans toit, sans murs, où la présence de Dieu était plus sensible que rue Daru. Et tout cela était français. Ceux qui vivaient dans ce pays de paix et de beauté se rendaient-ils compte de leur chance ? Il avait envie de se signer, face au paysage nocturne. Puis il alluma la

40 lampe et regarda sa montre : minuit et quart. Un souvenir récent remonta en lui comme pour le désorienter davantage : la distribution des prix au lycée. Il se rappela Thierry redescendant de l'estrade, les bras chargés de livres : cité à sept reprises au palmarès ! L'assistance, composée de parents et d'élèves, l'avait applaudi très

45 fort. Alexis battait des mains et sautait sur sa chaise. Lui-même n'avait obtenu qu'un deuxième prix en français et un accessit en gymnastique. Quand son nom, Krapivine, avait retenti parmi tous ces Martin, ces Benoît, ces Durand, il avait mieux senti encore son étrangeté. En traversant la salle pour s'avancer vers l'aréopage des

50 professeurs, il s'était imaginé marchant pas à pas, seul, au milieu de toute la France qui le regardait avec sympathie. Revenu à sa place, il avait jeté un coup d'œil sur les deux volumes qu'il avait reçus : *Pêcheur d'Islande*, de Pierre Loti, et *La Chanson de Roland*, illustrée. Il les avait emportés à Saint-Gervais avec l'intention de

55 les lire. Mais, ici, on n'avait pas la tête à bouquiner. La vie vous tirait par la manche. Que ferait-on demain ?

C'était Thierry qui décidait des excursions. Il avait quelques amis dans le voisinage. On partait en groupe. Gisèle était arrivée hier, avec ses parents. Elle logeait à l'hôtel. Peut-être se joindrait-

---

1. *Clarines* : clochettes fixées au cou des animaux qui paissent en montagne.

elle à eux pour une randonnée. Il ne savait s'il devait le souhaiter ou le craindre. Elle se montrait si ironique dans ses propos qu'elle était bien capable de lui gâcher le plaisir de la promenade. Aussitôt, il décida d'ignorer cette gêneuse. Il irait devant, avec Thierry, comme d'habitude, sans se soucier des mines et des piques de la cousine. La noblesse des sites traversés était telle que seules les âmes médiocres pouvaient trouver prétexte à critique devant ce spectacle prodigieux. Il avait écrit à ses parents pour leur dire son bonheur. Sa lettre, bien entendu, était en français. Ils lui avaient répondu en russe. Il avait eu beaucoup de difficulté à déchiffrer leurs trois pages de recommandations et de tendresse. Tout allait bien à la maison. Mais la chaleur était accablante et les affaires tournaient au ralenti. Alexis plaignait sa mère et son père d'être restés en ville, alors que lui savourait les délices, presque scandaleuses, d'un été à la montagne. Il leur écrirait encore, mais toujours en français, en rentrant d'excursion. Il leur raconterait tout. Il leur ferait partager son enthousiasme.

Malgré l'heure tardive, il avait de moins en moins sommeil. Une excitation fébrile le poussa à sortir sur le palier. La chambre de Thierry était juste en face. Un rai lumineux encadrait sa porte. Il ne dormait pas, lui non plus. Alexis frappa, attendit la réponse et entra. Appuyé sur un coude, dans son lit, les cheveux ébouriffés, le col du pyjama ouvert, Thierry était absorbé dans la lecture d'un livre. Le texte devait en être très intéressant, car il mit quelques secondes avant de s'en détacher et de lever la tête.

– Je constate que tu es comme moi, dit-il en découvrant Alexis. Tu prends la nuit pour le jour !

– Ça ne m'arrive pas souvent, répliqua Alexis, mais là je bouillonne ! Nos excursions, tous ces jours-ci, c'était épatant ! Je voudrais ne jamais oublier !

– Oui, la nature, dans ce coin, est très belle. Très belle et très terrible par son indifférence. Je partage sur ce point les idées de Vigny dans *La Maison du berger* : « Vivez, froide nature, et revivez sans cesse. »

Décidément, Thierry ramenait tout à la littérature. Pour une
fois, Alexis ne pouvait le suivre sur ce terrain. Il était trop ému
par ce qu'il voyait autour de lui pour se livrer à des références de
lectures. Le grand air lui donnait envie de crier, de courir, non de
philosopher.

– Il y en a marre de ton Vigny, dit-il. Où allons-nous,
demain ?

Thierry partit d'un éclat de rire :

– Demain…, demain… Est-ce que je sais, moi ?… Ça dépen-
dra du temps qu'il fera…

– J'ai regardé la lune, tout à l'heure… Elle est magnifique !…

– Moi aussi, je l'ai regardée, dit Thierry. Et je l'ai trouvée
inquiétante. «Solitaire, glaciale et maléfique», comme écrivait
l'ami Lautréamont, qui s'y connaissait en mystères !

Il se glissa hors du lit. Longues jambes, longs bras et buste
ramassé, il était encore plus difforme dans son superbe pyjama
rayé bleu et blanc. Alexis se sentit ridicule, auprès de lui, avec sa
chemise de nuit archaïque. Ils s'accoudèrent, côte à côte, à la
fenêtre. La lune avait disparu. Devant eux, tout était sombre et
hostile. On entendait le murmure des lourds feuillages qui frémis-
saient dans le vent.

– Les gorges de la Diozaz doivent être sinistres, par une nuit
pareille ! dit Alexis.

– Tu voudrais y aller voir ?

– Chiche !

– Vraiment, tu ne doutes de rien ! s'exclama Thierry en lui
donnant une tape dans le dos. Tu es comme un chien fou ! Si ça
continue, tu préféreras coucher dehors !

Alexis secoua la tête :

– Tu ne peux pas te figurer ce que ces vacances sont pour
moi !

– Et pour moi donc, mon vieux ! J'aimerais qu'elles durent
toute notre vie ! C'est dommage que tu doives rentrer à Neuilly

le 17. Tu ne crois pas qu'on pourrait insister auprès de tes parents pour que tu restes plus longtemps ?

– Non, Thierry, ils n'accepteraient pas. C'est déjà beau-
130 coup !…

– Mais tu reviendras l'année prochaine ?

– Ça, tu peux y compter ! dit Alexis avec fougue.

Cette échéance du 17 août lui semblait si lointaine qu'il ne voulait même pas y songer. Et comment imaginer l'année sui-
135 vante ? Ils auraient quinze ans, seize ans. Ils seraient en classe de seconde. Ils se feraient concurrence dans les études. Ils auraient peut-être des aventures avec des filles. La nuit, le chuchotis du vent, l'odeur des feuillages se mariaient dans la tête d'Alexis avec des élans d'amour sans objet. Il désirait il ne savait quoi et brû-
140 lait de se dévouer à il ne savait qui.

– Tu vois, dit-il, une amitié comme la nôtre, c'est rare !

– Très rare, mon vieux, reconnut Thierry.

Il s'écarta de la fenêtre. Sa bosse pointait sous le pyjama. Après un tour dans la chambre, il se coucha sur le côté, tassa autour de lui
145 ses nombreux oreillers et tira la couverture. Comme il était calme ! Comme il acceptait sa disgrâce physique ! Alexis, debout à son chevet, demanda :

– Tu vas dormir ?

– Eh oui ! Il faut bien ! Et je te conseille d'en faire autant, si tu
150 veux être d'attaque demain !

La promesse de nouvelles réjouissances ramena Alexis dans sa chambre. Sa conversation avec Thierry l'avait, croyait-il, définiti-vement réveillé. Il se voyait déjà sur les routes. Mais à peine se fut-il allongé dans son lit que le sommeil l'emporta.

XI

Le lendemain matin, le chalet s'ébroua sous une lourde pluie.
Des nuages bas cachaient les montagnes. Le tonnerre grondait au
loin. Il fallait abandonner toute idée de promenade. Cependant,
Alexis n'était qu'à demi déçu. Le seul fait de partager l'existence de
5 Thierry et de ses parents lui paraissait une chance insolente. Ils se
retrouvèrent tous les quatre dans la salle à manger pour le petit
déjeuner. Le thé, le café au lait, le beurre, les tartines de confiture
de myrtilles, tout ce qu'Alexis dégustait à cette table était meilleur
qu'à la maison. Il n'entendait parler que le français. Il s'enfonçait
10 dans l'épaisseur d'une famille française. Et il n'avait pas l'impression d'être un intrus dans ce milieu si différent de celui où il était
né. La conversation était gaie et bondissante. Manifestement, les
Gozelin, eux, n'avaient pas de soucis d'argent. Bien qu'il ne fît
jamais allusion à son métier d'architecte, M. Gozelin présentait,
15 dans toute sa personne, un aspect de solidité tranquille, de souriante componction, qui témoignait de sa science, de son autorité
et de sa réussite. En l'observant de plus près, Alexis s'étonnait que
ce petit homme affable, qui commandait à des centaines d'ouvriers, qui construisait des immeubles un peu partout, qui recevait
20 chaque jour, à Saint-Gervais, un courrier de ministre, ne dédaignât
pas, à l'occasion, de bavarder avec deux garçons de leur âge. La
mère de Thierry, elle aussi, malgré ses obligations mondaines, se
réjouissait visiblement que son enfant s'entendît si bien avec ce
jeune Russe venu d'on ne savait trop où. Cependant il n'y avait
25 pas, semblait-il, de véritable intimité entre Thierry et ses parents.
Alors qu'Alexis se sentait tout pénétré de chaleur familiale dans le
petit appartement de Neuilly, il devinait, ici, comme des distances
conventionnelles entre les êtres. On s'aimait de loin, correctement,

du bout des lèvres. M. et Mme Gozelin appartenaient, c'était
30 évident, à un autre univers que leur fils. Ils s'y mouvaient telles
des ombres inaccessibles. La réalité, pour Thierry et Alexis, ce
n'étaient pas les vains tracas et les vaines joies des adultes, mais
l'amitié totale, le train-train du lycée, les exaltations littéraires
entre quatre murs, l'ennui des livres de classe. Rien d'autre ne les
35 intéressait qu'eux-mêmes. Tout en ayant besoin des personnes de
sens rassis[1] pour assurer leur subsistance et guider leurs pas, ils
demeuraient étrangers aux jeux d'une société où l'on n'entrait qu'à
l'époque des pantalons et des diplômes universitaires.

Soudain, le téléphone sonna et M. Gozelin se leva de table, en
40 s'excusant, pour aller répondre. Même en vacances, la plupart des
appels étaient pour lui. L'appareil étant fixé au mur du vestibule,
on n'entendit pas un mot de ce qu'il disait à son correspondant.
Il reparut au bout d'une minute et annonça qu'il s'agissait de
Mme Bourasson, leur voisine de Saint-Gervais.

45   – Elle voudrait vous parler, dit-il à sa femme.
– Encore ! s'écria Mme Gozelin. À quel sujet ?
– Un bridge, chez eux, dimanche prochain…
– Il n'en est pas question ! répliqua Mme Gozelin en se ren-
dant, à son tour, dans le vestibule.

50 Quand elle revint, l'indignation altérait son visage :
– Je lui ai dit que nous n'étions pas libres, murmura-t-elle en se
rasseyant. Ces gens-là sont absolument impossibles ! Leur manière
de s'imposer à nous prouve leur manque d'éducation ! Cela fait
trois fois que je leur réponds non : ils devraient comprendre !…

55   – Que voulez-vous, ma chère, soupira M. Gozelin, ce sont des
parvenus !

Cette appréciation sévère inquiéta Alexis. Comment les Gozelin, si férus d'honorabilité, jugeaient-ils ses parents à lui ? Certes,
seules les deux mères s'étaient rencontrées, à Neuilly. Mais cela
60 avait dû suffire aux Gozelin pour se forger une opinion sur la

---

1. De sens rassis : réfléchies et posées.

famille. En quels termes parlaient-ils de ces Krapivine aux origines incontrôlables ? Ne se moquaient-ils pas d'eux, avec une pointe de commisération ? De nouveau, Alexis se découvrait en porte à faux dans un monde construit par les autres et pour les autres.

65 Puisqu'il n'avait pas d'ancêtres en France, il n'avait rien à y faire ! Mais ce ne fut qu'une brève alerte. L'entrain de la conversation, qui reprenait autour de la table, acheva de persuader Alexis que sa susceptibilité était absurde. M. et Mme Gozelin étaient un peu «snobs», à coup sûr, mais ils avaient su, dès l'abord, déceler qu'il

70 était une fréquentation convenable pour leur fils. Loin de craindre leurs sarcasmes, il pouvait compter sur leur estime. La vie, pour lui, n'avait jamais été aussi facile que dans cette demeure riche, confortable et raffinée. À présent, il aurait voulu, lui aussi, s'appeler Gozelin et avoir un père architecte !

75 Profitant d'une éclaircie, on descendit au Fayet, avec la Delage, et on fit quelques pas dans le parc de l'établissement thermal. Puis, comme la pluie revenait en force, on regagna la voiture en hâte, les deux garçons trottant devant, tête nue, les parents suivant sous leurs parapluies.

80 Trempés jusqu'aux os, Alexis et Thierry durent se changer avant de passer à table pour le déjeuner. Pendant le repas, Gisèle téléphona de son hôtel. Vu le mauvais temps, elle proposait à son cousin d'aller prendre le thé avec elle et des amis au casino.

– Je demande à mes parents et je te rappelle, dit Thierry.

85 Les parents approuvèrent l'idée et décidèrent même de se joindre aux jeunes gens pour cette sortie. On partit en voiture sous une averse furieuse.

En franchissant le seuil du casino, Alexis éprouva la même sensation de solennité qu'en pénétrant dans le musée du Louvre.

90 Colonnes, glaces, guéridons fleuris, serveurs empressés, tout était nouveau pour lui en ce lieu de luxe réservé aux grandes personnes. Gisèle était déjà là, accompagnée de deux jeunes hommes, deux frères, Marcel et Adrien Verrier, qui devaient avoir au moins dix-neuf ans, et d'une jeune fille, Martine Sanchez, blonde, fadasse et

distante, qui avait de l'eczéma sur les joues. Sans doute faisait-elle une cure au Fayet pour s'en guérir. Le public était nombreux. M. et Mme Gozelin avaient retenu, par téléphone, une table près de la piste de danse. Gisèle et ses amis étaient, eux, relégués au fond de la salle. Après quelques échanges de politesses, ils se retirèrent dans leur coin. Thierry et Alexis demandèrent aux parents la permission de suivre le mouvement et allèrent s'installer parmi les jeunes. Un « jazz-band » jouait avec fracas des airs à la mode. Des couples se trémoussaient aux sons d'un shimmy[1]. Alexis, qui ne savait pas danser, les jugea grotesques. Il échangea un regard avec Thierry et comprit que celui-ci, muet et goguenard, partageait son opinion. Mais Gisèle déclara, parlant de l'orchestre :

– Ils ont beaucoup de rythme ! Et le saxophoniste noir est parfait !

Tout le monde l'approuva. Visiblement, elle était la reine du petit clan. D'un mouvement du menton, elle désigna à ses amis le danseur mondain de l'établissement qui évoluait avec une « vieille » d'au moins cinquante ans, harnachée de bijoux.

– Il a fait danser maman l'année dernière, dit-elle. Il paraît que, dans le paso doble[2], il est divin !

Alexis remarqua, à part soi, que Thierry et lui étaient sans doute les plus jeunes clients de l'assemblée. Heureusement qu'ils étaient arrivés flanqués des parents et qu'ils portaient des knicker-bockers ! Les aurait-on laissés entrer en culottes courtes ? Les femmes étaient presque toutes coiffées de chapeaux cloches. Leurs jupes droites découvraient leurs mollets. Certaines fumaient en public, à travers de longs fume-cigarette qu'elles tenaient entre deux doigts avec une extrême élégance. Pour raviver la conversation, Marcel et Adrien se mirent à parler des jeux Olympiques qui se déroulaient à Paris. Ils citaient des performances de champions,

---

1. *Shimmy* : danse d'origine américaine, en vogue en 1920, qui s'exécutait avec un tremblement des épaules.
2. *Paso doble* : danse très vive d'origine espagnole, à la mode entre les deux guerres.

s'extasiaient sur la foulée du coureur finlandais Nurmi et l'habileté tactique de l'escrimeur français Ducret. Puis, constatant que leurs propos sportifs n'intéressaient personne, ils invitèrent les demoiselles à danser. Elles se levèrent, se faufilèrent entre les tables et se mêlèrent à la foule piétinante. Alexis suivait Gisèle des yeux. Seule parmi toutes ces femmes accrochées à leurs cavaliers, elle ne lui parut pas ridicule. Il y avait dans ses mouvements une grâce provocante qui le réconciliait avec la danse. Quand elle tremblait légèrement des épaules au rythme du shimmy, elle semblait parcourue par un frisson amoureux. Il ne put s'empêcher de dire :

– Elle danse bien, ta cousine !

– Elle fait tout bien ! rétorqua Thierry en riant. « La danse, pour les jeunes filles, c'est un apprentissage de l'amour physique », comme le remarquait Stendhal. Elles ont l'illusion de se livrer sans danger à un homme de leur choix. Tu devrais apprendre à danser, si tu veux plaire !

– Je ne tiens pas à plaire de cette façon-là !

– Tu as tort. Tout est bon pour lever le gibier !

En disant ces mots, Thierry avait eu une grimace à la fois railleuse et triste. Comme s'il eût fait allusion à un plaisir qui lui était définitivement interdit. Un tango[1] succéda au shimmy. Alexis aperçut, par-dessus les têtes des consommateurs, M. et Mme Gozelin qui dansaient ensemble. Il pensa à sa mère, si différente de toutes les femmes qu'il voyait ici. Comment l'imaginer dansant avec son père ? Pourtant cela avait dû leur arriver, dans leur jeunesse. Enfin la musique s'arrêta net, les couples se dénouèrent. Gisèle, Martine, Marcel et Adrien revinrent à leur table. Le serveur apporta les consommations. Mais, dès que l'orchestre se remit à jouer, Gisèle céda à un nouvel accès de bougeotte. Elle dodelinait de la tête selon la mesure d'un one-step[2].

---

1. *Tango* : danse originaire de l'Argentine, exécutée sur un rythme assez lent à deux temps.
2. *One-step* : danse rapide d'origine américaine, s'exécutant sur une mesure à deux temps.

155 Marcel lui prit la main. Ils repartirent dans la ronde. Martine, elle, se prétendit fatiguée. Aussitôt, Adrien alla s'incliner devant une autre jeune fille de sa connaissance, qu'il avait repérée non loin de là. Son audace émerveilla Alexis. Après avoir dénigré la danse, il regretta de ne pouvoir imiter ce garçon élégant et désin-
160 volte. Soudain, Martine lui demanda :

– Vous êtes russe, n'est-ce pas ?

– Oui.

– Et vous parlez russe ?

– Oui.

165 – Vous n'avez pas du tout d'accent !

– J'ai appris le français très tôt, en Russie, avec un précepteur…

Il était confus d'être interrogé ainsi par une jeune fille, sous le regard incisif de Thierry. S'intéressait-elle vraiment à lui ou était-
170 ce un bavardage mondain ?

– Vous vous souvenez de la Russie ?

Il tressaillit : encore ! Cette scie[1] le poursuivrait-elle toute sa vie durant ? Il répondit sèchement :

– Très peu !

175 Thierry intervint :

– N'insistez pas, Martine. Dès qu'on le questionne sur son pays, il devient idiot !

Cette expression : «son pays», heurta Alexis comme une remarque désobligeante. Vexé, il haussa les épaules. Martine le
180 dévisageait avec curiosité. Après tout, elle n'était pas aussi fade qu'il l'avait cru d'abord. Et son eczéma se voyait à peine. Mais elle devait avoir au moins dix-neuf ans. Cet âge la rendait inabor-
dable pour un lycéen qui allait tout juste entrer en seconde. D'ailleurs, dès qu'Adrien eut regagné leur table, elle se tourna
185 vers lui. De toute évidence, ils étaient en flirt. Alexis se sentit de trop, mais n'en fut pas autrement mortifié. Même dédaigné par

---

1. *Scie* : sujet sans cesse abordé qui agace et ennuie.

Martine, il était à la fête. Gisèle et Marcel revinrent à leur tour, échauffés par la danse. Ils se tenaient par la main. Suivant la mode, elle s'était épilé les sourcils qui avaient la minceur d'un fil au-dessus de ses yeux brillants. Alexis jugea que cet arrangement renforçait son mystère. Il la détaillait avec un mélange de respect et de convoitise. La conversation se ralluma sans qu'il y prît part. Renversé sur sa chaise, il goûtait la béatitude d'être là, avec son ami, en compagnie de deux jeunes filles si séduisantes. L'enchantement français continuait d'agir sur lui en tout lieu, en toute circonstance. Il but une grande gorgée d'orangeade, se rappela, Dieu sait pourquoi, le petit appartement de l'avenue Sainte-Foy et fut saisi de vertige devant la distance qui le séparait aujourd'hui de ses parents. Que faisaient-ils en cette minute ? Recevaient-ils des amis pour parler encore de la Russie ? Rabâchaient-ils, en tête à tête, leur espoir toujours déçu de toucher un peu d'argent de la banque anglaise ? Lisaient-ils, chacun de leur côté, quelque vieux bouquin russe ou quelque journal de l'émigration, plein de nouvelles qui n'intéressaient qu'un cercle étroit de déracinés ?

Depuis un moment, Thierry donnait des signes d'impatience. Il se leva, alla à une fenêtre, revint vers Alexis et lui dit à mi-voix :

– Tu ne trouves pas qu'on en a assez vu ? Si on filait ? Je vais demander aux parents la permission de partir avant eux.

Alexis fût volontiers resté jusqu'au soir, tant l'endroit lui plaisait, mais il n'osa pas contrarier son ami :

– Oui, acquiesça-t-il. Carapatons-nous !

Ils prirent congé des deux couples. On ne les retint pas. Le saxophone sanglotait. De nouveau, Gisèle et Martine entraînaient leurs cavaliers dans la danse.

– Insatiables, elles sont insatiables ! grogna Thierry entre ses dents.

Il avait l'air de les mépriser, presque de les haïr, en cet instant. Après un dernier coup d'œil à la piste, il se dirigea, avec Alexis, vers la table de ses parents pour les prévenir de leur départ.

220   – Mais oui, allez-vous-en, dit Mme Gozelin. Albert va vous
reconduire en voiture et il reviendra nous chercher.
       – Pas besoin de voiture ! décréta Thierry. J'ai regardé par la
fenêtre : il ne pleut plus. Nous remonterons à pied par le sentier.
       – Ça va te fatiguer, mon chéri !
225   – Mais non, maman, pas du tout ! protesta Thierry sur un ton
excédé. J'ai l'habitude ! Marcher me fait beaucoup de bien ! Et puis
je ne suis pas seul !
       Elle se résigna.
       Dehors, régnait une touffeur humide. Le feuillage luisait,
230 fumait. Un rayon de soleil orange déchirait les nuages. Tout le
ciel flambait, derrière des nuées tragiques.
       – Le temps se remet au beau, dit Thierry. Il faut vite oublier
cette journée ratée !
       – Je ne trouve pas qu'elle soit ratée, murmura Alexis.
235   – Tu t'es amusé, toi, dans ce dancing à la noix ?
       – Mais oui, c'était très rigolo !
       – Les deux types faisaient la cour à Gisèle et à son amie. Seule-
ment je suis sûr qu'ils en seront pour leurs frais. Gisèle a la tête
froide. Et Martine avait l'œil plutôt sur toi.
240   – T'es maboul ?
       – Je t'assure !
       Bien que flatté, Alexis demeurait sceptique. Soudain, il se
demanda si Thierry n'était pas amoureux, en secret, de sa cousine. Cela eût expliqué ses ricanements, ses dénigrements, ses
245 foucades. Lui-même, d'ailleurs, n'était pas insensible au charme
acide et insolent de Gisèle. Vaines rêveries. En gravissant le sentier abrupt, il respirait avec délices l'air imprégné d'une odeur de
sapin et de mousse. Thierry, juché sur ses longues jambes comme
sur des échasses, montait plus vite que lui. Mais il manquait de
250 souffle. Au bout d'un moment, il s'arrêta, hors d'haleine, s'assit
sur une pierre au bord du chemin et annonça d'une voix entrecoupée :

– Demain, je vais demander la voiture aux parents pour aller au lac Vert. C'est sur le plateau d'Assy. Un endroit superbe ! On pourrait proposer à Gisèle et à Martine de venir.

– Mais oui, pourquoi pas ? dit Alexis en décochant à son ami un regard narquois.

Ils se remirent en marche, côte à côte, les bras ballants.

XII

Les vacances d'Alexis tiraient à leur fin. Son billet de chemin de fer était déjà pris et sa place retenue. Il voyagerait seul, par le train, pour la première fois de sa vie. Cette pensée atténuait un peu son regret de partir. Le matin du 15 août, les Gozelin s'apprêtèrent pour se rendre à l'église. Ils n'y allaient qu'à l'occasion des grandes fêtes.

– On ne peut pas y couper, dit Thierry à Alexis. L'Assomption, c'est sacré dans la famille. Il faut que tu viennes avec nous !

– Bien sûr ! répondit Alexis.

Il avait déjà visité des églises catholiques, mais jamais à l'heure de la messe. En se retrouvant dans la nef aux côtés de Thierry et de ses parents, il eut l'impression de pénétrer plus profondément encore dans le tissu de la France. Tout l'étonnait, en cet endroit, par comparaison à l'église de la rue Daru. Au lieu d'être debout, les gens étaient confortablement assis, comme au spectacle, face à l'autel décoré de fleurs en l'honneur de la Vierge Marie. Le prêtre parlait en latin et ne portait pas de barbe. De temps à autre, obéissant à un tintement de sonnette, les fidèles s'agenouillaient sur des prie-Dieu. Puis ils se rasseyaient, puis ils se levaient, puis ils baissaient la tête. Le chœur était remplacé par un harmonium à la sonorité caverneuse. En écoutant cette musique sage et un peu mécanique, Alexis regrettait l'ample vague des voix humaines qui déferlait, pendant l'office religieux, sous les voûtes de la

cathédrale orthodoxe. Au milieu de cette tempête, à la fois harmo-
25 nieuse et puissante, il était impossible de ne pas se sentir secoué
jusqu'aux tripes. Ici, la cérémonie était paisible et comme civili-
sée. À un moment donné, le curé monta en chaire et prononça
un sermon, en français, sur le pardon des offenses, qui confère
le bonheur à ceux qui savent oublier. Il avait un fort accent
30 savoyard. En se retournant, Alexis aperçut, loin derrière, Gisèle et
Martine. Il leur sourit. Elles inclinèrent la tête. Il y avait aussi, dans
l'assistance, de nombreux paysans endimanchés, aux faces rudes
et brunies par le hâle. Ils coudoyaient d'élégants touristes, des
messieurs en blazers rayés, des dames aux chapeaux enrubannés.
35 Et ce monde si disparate priait du même cœur. Alexis nota que les
Français faisaient le signe de la croix en portant la main au front, à
la poitrine, puis à l'épaule gauche et à l'épaule droite, alors que les
Russes terminaient leur geste de l'épaule droite à l'épaule gauche.
Il prit exemple sur ses voisins pour ne pas se singulariser dans une
40 foule si unie.

La liturgie continuait à dérouler ses fastes. Thierry paraissait à
la fois attentif et lointain. Il se prétendait sincèrement chrétien,
mais sans soumission aveugle aux rites. Alexis se dit qu'il avait la
même attitude ambiguë que son ami devant Dieu. Cependant, pris
45 dans la masse des fidèles, il devait convenir qu'il était agréable de
croire. Croire avec tout un peuple, tout un pays. Et pas seulement,
comme dans l'église de la rue Daru, avec un petit groupe d'émigrés nostalgiques. L'idée que le même jour, à la même heure, il y
avait des millions de gens qui priaient un peu partout en France,
50 dans des cathédrales ou dans des églises de campagne, le subju-
guait. En sortant à l'air libre, mêlé à la cohue bigarrée des paysans
et des estivants, il eut l'intuition confuse d'avoir tout ensemble
trahi son enfance et affirmé sa personnalité.

Gisèle et Martine rejoignirent les Gozelin sur le parvis. Gisèle
55 déclara que le curé avait été «merveilleux de balourdise et de
conviction». On prit rendez-vous pour l'après-midi. Le ciel étant

incertain, il n'était pas question de s'aventurer trop loin. Thierry proposa une promenade aux cheminées des Fées.

– Viens nous chercher à l'hôtel, décréta Gisèle. Trois heures,
60 ça te va ?

– Vous demanderez à Albert de vous conduire, dit M. Gozelin. Nous n'avons pas besoin de la voiture, aujourd'hui.

On déjeuna rapidement, car les parents de Thierry attendaient quelques invités – mais pas les Bourasson, grand Dieu ! – pour
65 un bridge. C'était étrange cet engouement des Gozelin pour les cartes. Sans doute s'agissait-il d'un passe-temps éminemment distingué. Chez les Krapivine, on ne jouait pas au bridge. Ni à rien d'autre. Les réunions entre amis étaient consacrées à des palabres [1] sans fin. Une maladie russe !

70 Cependant, au chalet, depuis le matin, régnait un branle-bas d'abordage. En prévision du bridge, la femme de chambre avait déplacé les meubles du salon et disposé, au centre, quatre tables pliantes à dessus de drap vert. La cuisinière, Marie, s'était ingéniée à préparer dix sortes de sandwiches. En se rendant à l'office, Alexis
75 et Thierry découvrirent un alignement de plats en argent, chargés de canapés au foie gras, au jambon, au saumon, de barquettes aux fraises, de petits fours et de choux à la crème. Malgré les protestations de Marie, ils goûtèrent de tout en riant et en se léchant les doigts avant de s'envoler vers leur rendez-vous de jeunesse.

80 Gisèle, Martine, Marcel et Adrien attendaient Thierry et Alexis dans le hall de l'hôtel. La voiture les amena tous aux abords du site. Puis ils se dirigèrent à pied, en file indienne, par un mauvais sentier, vers les cheminées. Alexis s'émerveilla devant les quatre hautes colonnes de terre dressées sur une pente, avec une pierre
85 plate à leur sommet. L'action des eaux avait érodé le sol autour d'elles et elles subsistaient ainsi, aiguilles pyramidales absurdes, seuls vestiges d'un paysage bouleversé. Gisèle, comme de juste, trouva leur réputation « surfaite ».

---

1. **Palabres** : discussions interminables et oiseuses.

– C'est un piège à touristes ! dit-elle.

90 Martine voulut savoir pourquoi on les appelait « cheminées des Fées ». Y avait-il une légende liée à ce nom ? Thierry avoua l'ignorer. Gisèle prit des photographies de son cousin et d'Alexis dans ce décor alpestre. Ils se tenaient épaule contre épaule, un piolet [1] à la main, et clignaient des yeux à cause du soleil. Tous les membres
95 du groupe posèrent, à tour de rôle, devant l'appareil que la jeune fille avait fixé sur un trépied. Ensuite, on regagna la route. Thierry dirigeait le mouvement. Les autres suivaient en ordre dispersé. Les cailloux roulaient sous leurs pieds. La pente était raide. Alexis, qui fermait la marche, cria à Thierry :

100 – Tu vas trop vite !

Mais Thierry secoua la tête et répondit sans se retourner :

– T'en fais pas ! C'est tout bon, par là !

Balançant le buste sur ses longues jambes, il s'aidait, à chaque pas, de son piolet. Soudain, il glissa, vacilla et tomba sur le dos.
105 Alexis fut le premier à le rejoindre.

– Tu t'es fait mal ? demanda-t-il.

– Pas du tout, dit Thierry. Je suis vraiment trop maladroit ! Quel gadin [2] !

Gisèle, Martine et les frères Verrier arrivèrent à leur tour.
110 Thierry les rassura :

– Tout va bien. Passez devant. Je vous rattraperai.

Ils repartirent. Resté seul avec Alexis, Thierry s'assit sur un rocher pour recouvrer son souffle. Il était très pâle. Son front luisait de sueur. Il haletait :

115 – Je vais avoir de sacrées courbatures, demain ! Surtout pas un mot à ma mère ! Elle en ferait une tragédie ! Allez, en route !…

Ils reprirent leur progression hésitante. Les deux couples les attendaient devant la voiture. Pendant le trajet de retour, serrés à étouffer dans l'automobile, ils commentèrent gaiement l'accident.

---

1. *Piolet* : canne d'alpiniste ferrée à un bout et munie d'une petite pioche à l'autre.

2. *Gadin* : chute.

¹²⁰ Thierry tint, contre toute raison, à ramener sa cousine, les frères Verrier et Martine à l'hôtel avant de regagner le chalet. Lorsque Alexis et lui débarquèrent à la maison, ils trouvèrent les parents encore occupés à leur bridge. Thierry grimpa péniblement l'escalier jusqu'à sa chambre et s'affala, tout habillé, sur le lit. Peu de
¹²⁵ temps après, sa mère, avertie par le chauffeur, surgit avec un visage d'angoisse. Il la calma :

– Puisque je vous dis que ce n'est rien, maman ! J'ai déjà moins mal. Demain, il n'y paraîtra plus.

Mais elle ne voulait pas se laisser convaincre. Elle l'obligea à
¹³⁰ se déshabiller, à se coucher, et lui cala le buste avec la collection d'oreillers dont il avait l'habitude de s'entourer, la nuit. En la voyant si émue, Alexis se dit que la réserve qu'il avait cru observer chez les Gozelin n'était rien d'autre qu'un signe de bon ton et que, dans les moments graves, ils étaient, comme ses parents à
¹³⁵ lui, la proie de sentiments simples et forts. Tout ce qui rapprochait les deux familles lui semblait bénéfique. Mme Gozelin téléphona à un médecin. Il vint dans la demi-heure. C'était un homme trapu, blond, lunetté et autoritaire. Alexis se retira pendant l'auscultation. En ressortant de la chambre, le médecin affirma qu'il
¹⁴⁰ s'agissait d'une chute sans gravité, mais que, par prudence, Thierry devait garder le lit quelques jours. À moitié apaisée, Mme Gozelin rejoignit les bridgeurs. Après leur départ, elle fit servir à son fils un repas léger, au lit, sur un plateau. Alexis dîna dans la salle à manger avec les parents de Thierry. En l'absence de
¹⁴⁵ son ami, il était gêné devant eux comme s'il leur eût rendu visite pour la première fois. M. Gozelin paraissait serein, mais sa femme revenait sans cesse sur les circonstances de l'accident : « Comment est-ce arrivé ? Vous ne me cachez rien, n'est-ce pas ? Il est si fragile ! » Après le dessert, Alexis demanda l'autorisation de
¹⁵⁰ remonter dans la chambre de Thierry.

– Mais oui, allez vite ! soupira Mme Gozelin. Il doit vous attendre avec impatience !

Soulagé, Alexis gravit l'escalier quatre à quatre. À sa vue, Thierry eut un sourire souffreteux et murmura :

155 – Tu tombes à pic ! Aide-moi à me relever un peu sur les oreillers : je respire mal…

Alexis lui soutint le buste pendant qu'il se dressait sur son séant, avec une grimace.

– Ça va mieux ! dit Thierry. Ce qui me console dans cette
160 histoire, c'est que le temps a l'air de se gâter. Je ne manquerai donc pas grand-chose !

– C'est bête qu'il me faille partir après-demain ! grommela Alexis en s'asseyant au chevet du lit. Nous allons nous barber, chacun de notre côté.

165 – Nous nous écrirons.

– Ça, tu peux y compter !

– Tu vas profiter de l'occasion pour finir *Les dieux ont soif* et tu me diras ce que tu en penses.

– D'accord, mon vieux. Au fond, je ne vois pas pourquoi j'ai
170 laissé tomber ce bouquin. J'aurai d'ailleurs vite avalé les dernières pages. Et après, je me demande bien ce que je vais pouvoir lire !

– Tu devrais t'attaquer à *La Guerre et la Paix*. C'est un gros morceau, mais tu ne le regretteras pas. Surtout si tu le lis en russe !

– Tu parles comme mes parents !

175 – Ils ont raison : Tolstoï, c'est formidable ! Si j'avais ta chance…

Alexis s'étonna d'entendre parler de sa « chance » par un garçon qui avait l'intelligence, la culture, l'aisance de Thierry. Le seul point noir pour son ami, c'était son infirmité. Mais on
180 l'oubliait dès qu'il ouvrait la bouche. Son regard vous perçait à jour et vous incitait à réfléchir. Installé près de lui, dans la chambre, Alexis se sentait l'esprit plus agile, plus éveillé qu'à Neuilly, entre ses parents.

Une nuit pluvieuse soufflait sa fraîcheur par la fenêtre ouverte.
185 En respirant cet air vif, chargé de tous les parfums de la montagne, Alexis imaginait les cheminées des Fées, dressées dans les

ténèbres et fouettées par l'averse. Malgré leur apparente fragilité, ni les vents furieux, ni les subtiles infiltrations d'eau ne parvenaient à les ébranler. Sentinelles hiératiques [1], elles résistaient à tout, depuis des siècles, sous leur chapeau de pierre brute. Sans doute en allait-il de même pour les hommes, quand un grand sentiment leur servait de colonne vertébrale. Et, parmi les grands sentiments, le plus noble était, à l'évidence, l'amitié. La foi d'Alexis en une compréhension fraternelle hors du commun était si forte qu'il se croyait, par instants, libéré de la pesanteur. Thierry rêvait, lui aussi, les yeux au plafond. Son silence était riche de pensées secrètes. Une bourrasque fit claquer les vantaux de la croisée. Des gouttes de pluie tombèrent sur le parquet. Alexis voulut fermer la fenêtre.

– Non, laisse, Aliocha ! J'aime cette bouffée d'orage !

C'était la première fois que Thierry l'appelait Aliocha. Il en fut ému comme par une chaude et rude poignée de main et se rassit sans mot dire. Son ami avait raison. Les intempéries, le soleil, la nuit, la montagne, la fatigue, les repas en famille, les promenades au gré des sentiers rocailleux, les cheminées des Fées, tout était beau, tout était bon dans ce monde français où Thierry l'avait invité à passer des vacances.

XIII

Depuis son retour à Neuilly, Alexis ne savait plus à quoi employer ses interminables loisirs. Désœuvré, désenchanté, il flânait dans les rues sages de la ville, rentrait à la maison sans but, s'affalait sur son divan, regardait vaguement par la fenêtre : plus de montagnes, plus de cascades, plus de sentiers sauvages ! Devant lui, une façade grise aux croisées stupides. Était-ce là l'image de

---

1 *Hiératiques* : immobiles, figées ; évoque l'attitude d'une statue.

son avenir ? Ses parents, qu'il avait retrouvés dans une explosion de tendresse, lui paraissaient maintenant bizarres, ennuyeux et lointains. Ils s'obstinaient à lui parler en russe. Une fois sur deux,
10 il leur répondait en français. Dès le lendemain de son arrivée, sa mère avait reçu une lettre de Mme Gozelin qui la remerciait de lui avoir confié son « charmant Alexis » pendant les vacances : « Grâce à lui, Thierry a connu des journées merveilleuses. L'amitié de ces deux garçons illuminait notre maison. Ils sont vraiment faits l'un
15 pour l'autre. » Cette preuve d'affection, si spontanée, si exception-nelle, bouleversa Alexis et raviva sa nostalgie. Sa mère répondit aussitôt à Mme Gozelin. Mais elle rédigea sa lettre en russe. Alexis en fit la traduction, et elle recopia la version française sous l'œil vigilant de son fils.
20 Pour se distraire, il se rendait parfois au bois de Boulogne, s'asseyait dans l'herbe, parmi d'autres badauds, derrière la clôture du pavillon d'Armenonville, écoutait l'orchestre qui jouait à l'in-tention des privilégiés de la fortune et rêvait à son après-midi au casino, avec Thierry. De temps à autre aussi, quand la chaleur était
25 trop forte, sa mère le prenait en pitié et lui donnait un peu d'argent pour aller se baigner dans la piscine Deligny, sur la Seine. Là, il nageait, paressait au soleil, lorgnait les femmes en maillot de bain et les comparait à Gisèle. Il rentrait à la maison, troublé par le souvenir de ces corps à demi dénudés. Chaque jour, ou presque, il
30 écrivait à Thierry pour lui raconter son emploi du temps et l'asso-cier à ses pensées. Thierry répondait par retour du courrier. Tout à fait rétabli, il avait repris ses excursions. « J'ai la folie des sentiers, disait-il. Je voudrais vivre toute l'année dans ce pays. » Rappelé par ses affaires, son père avait regagné Neuilly, mais revenait pour les
35 week-ends. Sa mère, bien que toujours inquiète lorsque son fils quittait le chalet, le laissait marcher des heures, à sa guise, en montagne. Gisèle était, elle aussi, repartie. Saint-Gervais se vidait de ses estivants. « Tant mieux, écrivait encore Thierry. Je me balade seul. C'est gigantesque ! »

40   À quelque temps de là, nouvelle lettre : « Figure-toi qu'il m'est
arrivé, avant-hier, une histoire idiote. Tu m'as engueulé pour mon
imprudence, quand j'ai fait une chute aux cheminées des Fées ;
que vas-tu dire maintenant ? C'est plus fort que moi, il faut que je
me dépense, que je prenne des risques. Autrement, "la vie serait
45 aussi fade qu'une viande sans sel", comme disait ce gros farceur
de Balzac. Tu connais le torrent du Bonnant, qui traverse le parc
du Fayet. J'y suis allé, l'après-midi, pour me livrer à une rêverie
romantique. Une fois sur place, je suis descendu jusqu'au bord de
l'eau. Elle vient des glaciers et souffle une vapeur froide, même
50 l'été, en pleine canicule. C'était superbe, cette ruée mugissante,
ces remous écumants ! Pour un peu, j'aurais pondu des vers à la
gloire de la Nature. Mais une pierre, sur laquelle j'étais en équilibre, s'est dérobée sous mes pieds, et me voilà dans la flotte.
Glacée, mon vieux ! Je me suis accroché à une branche. Impos-
55 sible de remonter sur la berge. J'ai appelé. Personne. Je suis resté
un bon moment à barboter dans le torrent. Si tu m'avais vu, je
n'en menais pas large ! Enfin, des promeneurs m'ont entendu et
m'ont tiré de là. J'étais trempé, frigorifié. Je claquais des dents.
Naturellement, ma mère, affolée, a fait revenir le médecin. On m'a
60 fourré au lit. Assez patraque, je l'avoue. J'ai dû rester trop longtemps dans l'eau. J'ai des frissons, la gorge irritée et un point de
côté quand je respire à fond. Cependant, le médecin a calmé ma
mère. Selon lui, dans quelques jours je serai sur pied. J'ai une telle
hâte de te revoir que je prends mes sirops et mes pilules avec une
65 régularité qui m'étonne moi-même ! Ce qui me console, c'est qu'il
fait un temps de cochon. Pour tuer les heures, je lis et j'écoute de
la musique. Le phonographe est à portée de ma main. Tous les
disques y passent. Je deviens amoureux de Mozart. Et toi, où en
es-tu, Aliocha ? As-tu enfin terminé *Les dieux ont soif* ? Sinon,
70 grouille-toi ! » C'était signé : « Ton ami pour l'éternité. »

   Inquiet à l'annonce de ce nouvel accident, Alexis écrivit pour
demander des précisions. La réponse le rassura : « Ne t'en fais pas.

Je me soigne avec énergie. Tu ne me parles pas des *Dieux ont soif*. J'attends ton verdict. »

75   Obéissant à l'injonction, Alexis acheva la lecture du roman d'Anatole France et donna son avis en termes mesurés : « Tu as raison : la fin est assez chouette. Tous ces malheureux réunis dans la même charrette qui les conduit à la guillotine, c'est rudement tragique. À part ça, je me suis un peu rasé en lisant ce
80   bouquin. Et je n'ai pas du tout envie de recommencer l'expérience avec *La Guerre et la Paix*. J'ai déniché, sur les quais, une série d'*Arsène Lupin* dans une édition à bon marché. Ce doit être tout de même plus folichon. Je vais m'y mettre. Le temps me semble si long en t'attendant ! Mes parents ne comprennent pas
85   que je crève de cafard, à la maison. Ils sont enfermés dans leurs habitudes russes, dans leurs soucis russes, dans leurs souvenirs russes. Ils voudraient m'y faire entrer de force. Mais j'ai besoin d'autre chose. J'ai besoin de nos conversations tête à tête. Quand j'y pense, c'est comme si je manquais d'air. Reviens vite, mon
90   vieux, je t'en supplie. Et, à l'avenir, ne cours plus à droite et à gauche comme un dingo. La baignade, c'est beau, c'est hygiénique, mais pas tout habillé, dans un torrent qui descend des glaciers. Blague dans le coin, sois prudent. Je te le demande au nom de notre amitié. »

95   La lettre qu'il reçut de Thierry, en réponse à la sienne, était pleine de reproches affectueux. Thierry ne comprenait pas qu'il s'abaissât à lire des romans policiers, alors que tant de chefs-d'œuvre attendaient son bon vouloir. Quant à son dédain pour les problèmes russes, il le jugeait ridicule : « Tu regretteras plus
100 tard de ne t'être pas davantage intéressé à ton pays d'origine. Je crois qu'on peut être profondément russe et aimer la France. Quand je rentrerai à Paris, j'espère te convaincre. Pour l'instant, je ne suis guère costaud. Ma fièvre ne baisse pas. Je tousse, je crache, j'étouffe, j'ai toujours mal dans la poitrine. Pardonne-moi
105 si ma lettre est plus courte que d'habitude. J'ai de la difficulté à écrire, ce matin. Mes idées s'embrouillent. Salut et fraternité. »

À cet aveu succéda un bref billet, griffonné au crayon : « J'ai, paraît-il, une pneumonie carabinée. Mais le toubib n'est pas trop inquiet. Ne te fais donc pas de bile. Ton vieux copain, toujours
110 couché mais indestructible, Thierry. »

À dater de ce jour, Alexis envoya à Saint-Gervais des lettres de plus en plus angoissées. Thierry répondait, à intervalles irréguliers, par quelques lignes laconiques. État stationnaire. Il ne pourrait pas revenir en octobre. Sans doute ne rentrerait-il au
115 « bahut » qu'au début du deuxième trimestre, après une longue convalescence : « Tes lettres me soutiennent, mon cher Aliocha. Écris-moi encore, écris-moi aussi souvent que tu le pourras, et sans attendre mes réponses. »

Vers la fin du mois de septembre, les Krapivine reçurent, par
120 l'intermédiaire de leurs amis Bolotov, trois billets de faveur pour le théâtre Fémina. La compagnie russe de la Chauve-Souris, dirigée par Nikita Baliev, y donnait un spectacle dont toute la presse parisienne vantait l'originalité et le charme. On s'y rendit, un dimanche soir, en famille. Ce n'était pas la première fois qu'Alexis
125 assistait à une représentation théâtrale. Ses parents l'avaient emmené un jour dans une petite salle où une troupe russe famélique jouait une pièce sur la guerre et la révolution, qu'il avait jugée bavarde et démodée. Mais là, il se trouvait dans un vrai théâtre, aux riches dorures, parmi un public élégant. Certes, il
130 devait y avoir quelques émigrés dans le tas, mais la majorité des spectateurs étaient manifestement français. Qu'ils fussent venus si nombreux pour applaudir des comédiens dont ils ne comprenaient pas la langue paraissait à Alexis le comble de l'aberration. Tout était russe dans le programme. Sur la scène, se succédaient
135 d'aimables tableautins, les uns chantés, les autres dialogués, les uns drôles, les autres mélancoliques, mais invariablement inspirés par la Russie d'autrefois : chœur des hussards noirs* trinquant avant le combat, danses paysannes au son des balalaïkas*, roucoulements de deux amoureux d'une fenêtre à l'autre, sous les
140 toits, et les chats leur répondant, dispute burlesque entre trois

moujiks à la foire, bateliers de la Volga* clamant leur misère d'une voix puissante et rude. Chacune de ces apparitions était saluée par des acclamations frénétiques. Entre deux saynètes, pendant le changement de décor, Nikita Baliev surgissait devant le rideau et annonçait avec humour, en français, le sketch suivant. Il avait une tête ronde comme un ballon et d'épais sourcils noirs. Son accent étranger soulevait les rires. Alexis riait avec les autres. Mais cet accent, n'était-ce pas celui de son père, de sa mère ? De nouveau, il hésitait entre la gêne et l'enthousiasme. Il lui semblait que les Français, dans la salle, se moquaient des Russes tout en les admirant. Finalement il se laissa entraîner par l'allégresse collective. Il s'amusait, il était d'accord avec le monde entier et n'avait plus la sensation désagréable d'être contraint dans ses mouvements par un costume trop étroit.

En sortant du théâtre, Georges Pavlovitch dit avec bonhomie :

– Si nous avions été à Moscou, je vous aurais emmenés souper au restaurant Yar ! Ici, je vous invite à boire un verre dans un bistrot ! L'un vaut l'autre, quand le cœur est de la fête !

Le lendemain, Alexis écrivit à Thierry pour lui relater sa sortie. Dans sa lettre, il convenait que la représentation l'avait enchanté. «Mais, disait-il, cela m'a donné encore plus envie de voir des spectacles français : du Molière, du Racine… Il faut absolument que nous allions un jour au théâtre, tous les deux. Cet hiver, peut-être. Je mettrai de l'argent de côté. Je demanderai à mes parents. Y a-t-il des tarifs réduits pour la Comédie Française ? Depuis une semaine, j'ai de nouveau envie de devenir écrivain. Ça va, ça vient dans ma tête… Qu'en penses-tu ? » Il signa : «Aliocha. »

La rentrée scolaire se passa sans surprise. Ainsi qu'il était à prévoir, Thierry manqua à l'appel. Mais Alexis retrouva avec joie quelques camarades qu'il avait perdus de vue pendant les vacances. Il éprouva aussi, comme chaque année, le plaisir des cahiers vierges, des livres neufs, du premier contact avec des maîtres inconnus. Le professeur de français était, disait-on, «un

■ Funérailles d'Anatole France, 1924.

¹⁷⁵ sacré littéraire». Les élèves l'avaient surnommé «Sapajou». Il
s'appelait en réalité Serpajoux, portait la barbe et écrivait parfois
dans des revues. Alexis se réjouit de cette dernière circonstance et
en avertit aussitôt Thierry : «Quand tu reviendras, tu verras le
zigoto. Il a l'air un peu sinoque. Mais je suis sûr qu'il nous aidera
¹⁸⁰ beaucoup dans nos études. Je vais te communiquer tous les sujets
de devoirs pour que tu puisses te tenir au courant.»

Quelques jours après la rentrée, le 13 octobre, une grande
nouvelle éclata dans les journaux : Anatole France était mort, la
veille, à l'âge de quatre-vingts ans. Toute la presse évoqua sa
¹⁸⁵ disparition en termes émus. Même la gazette russe, *Les Dernières
Nouvelles*, lui consacra un article nécrologique. M. Serpajoux salua
sa mémoire, en classe, par un petit discours et demanda si certains
élèves avaient eu connaissance de telle ou telle de ses œuvres.
Alexis fut le seul à lever la main. En apprenant qu'il avait lu *Les
¹⁹⁰ dieux ont soif*, M. Serpajoux le félicita et l'invita à résumer le livre
de vive voix à l'intention de ses camarades. Alexis le fit de son
mieux et regretta que Thierry ne fût pas là pour l'entendre. Une
fois de plus, il se dit que c'était à Thierry qu'il devait le meilleur de
lui-même. Sans Thierry, il n'était rien. En rentrant à la maison, il se
¹⁹⁵ replongea dans *Les dieux ont soif*. L'idée que l'auteur du roman fût
mort l'impressionnait d'autant plus qu'il se rappelait avec précision le jour où Thierry l'avait poussé à cette lecture. Ils avaient si
souvent parlé ensemble d'Anatole France qu'il était devenu un de
leurs familiers. Un écrivain fétiche. Lorsque les journaux annon-
²⁰⁰ cèrent que des funérailles nationales seraient réservées à ce person-
nage illustre, le samedi 18 octobre, Alexis résolut d'y assister.

Ce jour-là, il se rendit, dès le matin, sur les lieux de la cérémonie.
Une foule immense se pressait déjà sur le quai Malaquais, face à la
statue de Voltaire. Alexis put se faufiler entre les groupes et grim-
²⁰⁵ per sur le parapet. De là, il voyait, par-dessus les têtes, la tribune
officielle encore vide et le catafalque, drapé de gaze violette, qui
attendait le cercueil. Tout à coup, trois aéroplanes passèrent dans
le ciel, à basse altitude. Puis des messieurs importants, en jaquette

et haut-de-forme, se hissèrent sur l'estrade, et aussi quelques aca-
210 démiciens dans leurs drôles d'habits brodés. Autour d'Alexis, des
badauds commentaient les arrivées d'hommes politiques.

– Celui-là, je crois bien que c'est Joseph Caillaux…

– Tiens, voilà Édouard Herriot qui débarque… Et le gros, là,
ce ne serait pas Léon Jouhaux ?

215 – Ma parole, ils sont tous là !…

Un corbillard aux chevaux empanachés fendit la foule. Les
employés des pompes funèbres en tirèrent un cercueil recouvert
de chrysanthèmes, qu'ils glissèrent entre les voiles du catafalque.
Et les discours commencèrent, nombreux et monotones. De sa
220 place, assez éloignée, Alexis n'en percevait que des bribes inintel-
ligibles. Mais il n'en était pas moins bouleversé par ce déluge
d'éloquence. Que tant de gens se fussent dérangés pour honorer
la dépouille d'un écrivain témoignait, pensait-il, de la grandeur
d'un peuple. Le cou tendu vers la tribune officielle, il se sentait
225 solidaire de la nation en deuil. Il avait envie de pleurer et d'applaudir.

Quand le dernier orateur se fut rassis, l'orchestre militaire joua
un air triste. Maintenant des élèves parisiens défilaient devant le
mort et chacun déposait une fleur au pied du catafalque. Alexis
230 songea qu'il eût pu être parmi eux. Mais sans doute n'avait-on
choisi, dans les lycées, que de jeunes Français pour accomplir ce
geste symbolique. De nouveau il butait contre l'idée d'une différence fondamentale entre lui et ses camarades de classe. Comment
s'opposer à cette sournoise et humiliante exclusion ? En s'ap-
235 puyant sur deux pays à la fois, ne risquait-il pas de se retrouver un
jour assis entre deux chaises ? Ses parents n'avaient qu'une seule
patrie : celle où ils étaient nés. Pour lui, ce serait celle où il aurait
grandi.

À la suite des écoliers, s'avancèrent des soldats portant des
240 drapeaux tricolores. Après cet ultime hommage, le cercueil
fut sorti de son écrin monumental et replacé sur le corbillard.

L'orchestre militaire entonna une marche funèbre et le char, aux rideaux noir et argent, s'ébranla en direction du pont de la Concorde. C'était fini. Alexis dégringola de son perchoir avec un
245 arrière-goût complexe de fierté et de frustration. Il n'avait pas l'impression d'avoir dit adieu à Anatole France. Cet homme-là vivrait aussi longtemps que quelqu'un lirait ses livres. La foule se dispersait. Un soleil malade trouait la brume d'octobre. Des péniches descendaient la Seine avec indifférence. Les bouqui-
250 nistes rouvraient leurs boîtes. Alexis prit le chemin du retour.

Ses parents avaient retardé le déjeuner pour la circonstance. Il leur sut gré de leur compréhension. À table, ils lui demandèrent de leur raconter la cérémonie. Il s'exécuta brièvement. Selon son habitude, il mélangeait, dans son récit, les mots français et les
255 mots russes. Une fois seul, il s'installa pour écrire à Thierry. Il voulait lui faire vivre l'événement dans ses moindres détails. Pour une lettre aussi importante, un brouillon s'imposait. Il commença : « Mon cher Thierry, comment vas-tu ? J'espère que tu n'as plus de fièvre. Aujourd'hui, j'ai enterré Anatole France. J'y étais allé pour
260 nous deux. C'est une grande perte pour le pays… » Parvenu à cette phrase, il hésita, barra « pour le pays » et écrivit : « pour notre pays ».

XIV

La menace, d'abord voilée, se précisait de jour en jour. *Les Dernières Nouvelles* multipliaient les informations sur un probable rapprochement entre la France et l'URSS. Georges Pavlovitch suivait les événements avec anxiété. Le soir, à table, il parlait
5 souvent de cette monstrueuse réconciliation entre les deux pays. Si la reconnaissance avait lieu, par la volonté absurde d'Édouard Herriot, l'ambassade de la rue de Grenelle, où siégeait encore M. Maklakov, représentant diplomatique de la Russie d'autrefois,

deviendrait la propriété des Soviets. Les services de la chancel-
10 lerie, qui s'occupaient des émigrés, seraient balayés et remplacés
par des agents bolcheviques. Pour les Russes blancs, c'était pire
qu'un camouflet, une plongée dans l'abîme. Ils n'auraient plus
aucune existence officielle. Ils seraient les citoyens de nulle part.
Afin d'atténuer l'effet désastreux de cette mesure, le gouverne-
15 ment français envisageait de faciliter leur naturalisation. Mais
Georges Pavlovitch ne voulait pas se laisser prendre à une si
étrange promesse.

– Je désire rester fidèle à mes origines, répétait-il. Ce n'est pas
parce que ma patrie n'existe plus que je dois m'en chercher une
20 autre.

Hélène Fedorovna était moins pessimiste.

– Avec notre passeport de la Société des Nations, nous ne
risquons rien, disait-elle. Même installés en France, les Soviets
nous laisseront tranquilles.

25 – Non, non ! soupirait Georges Pavlovitch. Ils auront des
espions partout. Ils nous traqueront. Ils essaieront de dresser les
Français contre nous !

En écoutant ses parents, Alexis se sentait fautif de ne pas partager leur angoisse. Il les plaignait de tout cœur, mais ne pouvait
30 les suivre dans leur culte du passé. Leur patriotisme lui paraissait
anachronique et funèbre. Si la France avait décidé de reconnaître
l'URSS, c'était qu'elle avait de bons motifs pour cela. De toute
évidence – maman avait raison –, rien ne serait changé pour les
gens comme eux, qui vivaient sous la protection des lois fran-
35 çaises. Alors à quoi bon se tourmenter ? Il avait, lui, d'autres
sujets d'inquiétude. Ses trois dernières lettres à Thierry étaient
restées sans réponse. Son ami n'allait-il pas plus mal ? Dans l'in-
certitude, il se demanda s'il ne devrait pas écrire à Mme Gozelin
pour avoir des nouvelles. Il hésitait encore à le faire lorsque
40 Hélène Fedorovna reçut, un matin, une lettre qu'elle décacheta
devant lui. Sur le point de partir pour le lycée, il s'attarda en
voyant le visage de sa mère qui se décomposait pendant la lecture.

– Qu'est-ce que c'est ? interrogea-t-il.

Elle replia le papier, attira son fils contre elle et l'embrassa, les
45 larmes aux yeux. Il répéta :

– Qu'est-ce que c'est, maman ?

Hélène Fedorovna était assise à la table de la salle à manger.
Les tasses du petit déjeuner traînaient encore sur la toile cirée à
carreaux rouges et blancs. Georges Pavlovitch était déjà parti pour
50 son travail. Tout était calme. Elle se leva, passa la main dans les
cheveux de son fils et murmura :

– Une lettre de Mme Gozelin, mon chéri. Thierry est mort.

Le choc fut si violent que, pendant quelques secondes, la tête
d'Alexis se vida de toute pensée. Pris de vertige, il se sentait à la
55 fois incrédule et désespéré.

– Montre, dit-il.

Elle lui tendit la feuille. Les yeux brouillés, il lisait une phrase
par-ci par-là : « Depuis quelques jours déjà, tout espoir était
perdu… Un œdème aigu du poumon… L'état général de Thierry
60 ne lui permettait pas de lutter… Il s'est éteint dans mes bras…
Son corps repose ici, à Saint-Gervais, face à ces montagnes qu'il
aimait tant… Mon mari et moi sommes anéantis… Dites à votre
cher Alexis que sa dernière pensée a été pour lui… Il avait toutes
ses lettres, classées par dates, sur sa table de nuit… À sa
65 demande, je vous envoie ce souvenir de leurs vacances… »

Il y avait une photographie dans l'enveloppe : Thierry et
Alexis devant les cheminées des Fées. Ils paraissaient si heureux,
si insouciants, avec leur sourire niais et leur piolet à la main ! Le
passé narguait Alexis, se moquait de sa peine. Il déchira l'épreuve
70 dans un geste de rage. L'univers entier se liguait contre lui. Dieu
n'existait pas. Sa mère le considérait avec tristesse, en silence. Au
bout d'un moment, elle ramassa les débris de la photographie et
dit :

– Il faut que tu ailles en classe.

75 – Je n'irai pas, balbutia-t-il. Je ne pourrai pas… Tu me feras
un mot d'excuse…

Il étouffait dans cette pièce. Comme un fou, il se rua dehors. Elle cria à sa suite :

– Aliocha, reviens !

80 Il ne lui répondit pas et dévala l'escalier, la poitrine secouée de sanglots. Dans la rue, il reprit sa respiration. Maintenant il lui semblait que, de tout temps, il avait su que son amitié avec Thierry se terminerait très tôt et de façon tragique. C'était parce que leur attachement était menacé qu'il avait eu cette intensité
85 exceptionnelle. Dérisoire coïncidence : il assistait aux funérailles grandioses d'Anatole France alors qu'on enterrait son ami, loin de tous, dans un petit cimetière de campagne. Que deviendrait-il sans Thierry ? À qui se confierait-il ? De qui solliciterait-il les conseils ? Pour qui vivrait-il enfin ? Désormais, il ne voulait plus
90 rêver à la littérature. Toutes ses ambitions d'écrivain étaient mortes avec Thierry.

Il marchait à grands pas dans la rue, sourd et aveugle à l'agitation du monde. Il parvint ainsi, sans l'avoir voulu, aux abords du lycée Pasteur. L'immense bâtisse de brique rose et de
95 pierre blanche était silencieuse derrière ses grilles. Tous les élèves devaient être au travail dans les salles de classe. Face à ce bloc d'indifférence, Alexis avait l'impression qu'il ne faisait plus partie de la maison. Soudain il repensa à la stupide inscription du campanile : *Toutes les heures blessent, la dernière tue.* Il en riait
100 autrefois avec Thierry. Aujourd'hui, elle le terrifiait comme une formule maléfique. Tournant les talons, il rebroussa chemin.

Sa mère l'attendait, désolée et inquiète. Il se jeta dans ses bras. Elle le berça, debout contre lui, comme lorsqu'il était petit.

– C'est affreux, mon chéri ! dit-elle dans un souffle. Je te plains
105 du fond de l'âme. Mais tu es si jeune ! Tu auras d'autres amis…

– Jamais ! cria-t-il en se détachant d'elle.

Et il s'effondra sur son divan, le visage enfoui au creux de son bras replié. Sa mère s'assit à côté de lui et posa une main sur sa nuque. Elle resta ainsi, muette, attentive, tandis que, peu à peu, il
110 se calmait.

Georges Pavlovitch revint pour le déjeuner. Sa femme lui annonça la nouvelle. Il en fut, lui aussi, consterné. Penché sur son fils, il l'embrassa avec une tendresse virile et dit :

– C'est ton premier grand chagrin d'homme, Aliocha. Tu en
115 auras d'autres. La vie est une lutte où les deuils sont plus nombreux que les joies…

Et, jetant un paquet de journaux sur la table, il ajouta :

– Pour nous aussi, il s'agit d'une journée noire. Cette fois, la chose est officielle. Toutes les gazettes publient l'information avec
120 de gros titres : la France vient de reconnaître l'URSS.

– Mon Dieu, est-ce possible ? chuchota Hélène Fedorovna en joignant les mains.

– Oui, ma chère, Édouard Herriot a bien combiné son coup. Hier, 30 octobre, notre ambassadeur, Maklakov, a quitté l'hôtel
125 de la rue de Grenelle après avoir assisté à un office religieux sur place et fait procéder à l'enlèvement des archives. Un dernier taxi a emporté les écussons et les drapeaux aux couleurs de l'ancienne Russie. C'est fini. Les Soviets vont s'installer à Paris. Ils y seront chez eux. Nous n'aurons plus qu'à nous taire !

130 Hélène Fedorovna se tourna vers l'icône et se signa lentement. Alexis demeurait allongé sur le divan. Il n'avait rien compris, rien entendu. Enfermé dans sa douleur, il regrettait à présent d'avoir déchiré la photographie.

XV

Les passants étaient rares, en ce dimanche après-midi, dans la rue de Grenelle. Marchant à côté de Georges Pavlovitch, Alexis se demandait pourquoi son père l'avait entraîné dans un aussi étrange pèlerinage. Éprouvait-il le besoin de se torturer en reve-
5 nant sur les lieux où subsistait naguère encore une parcelle de la souveraineté russe ? Oui, ce devait être cela. L'instinct du

malheur. Un ciel gris de décembre pesait sur la ville. Il faisait froid et sec. Georges Pavlovitch avait un visage grave et ne disait mot, comme habité par une idée fixe. En approchant du

10 numéro 79, ils aperçurent une dizaine de personnes réunies sur le trottoir, en face de l'ambassade. Toutes avaient le nez en l'air. Le porche d'entrée était gardé par des agents de police. Sur le toit du bâtiment, au bout d'une hampe, flottait un drapeau rouge, frappé de la faucille et du marteau. Georges Pavlovitch le con-

15 templa longuement. Un vent léger agitait, loin de lui, l'étamine couleur de sang. Il serrait les poings. Enfin il murmura :

– C'est pour ne plus voir ce torchon écarlate que nous avons fui la Russie et nous le retrouvons ici ! L'humiliation est complète !

Il avait parlé en russe. Dans le petit groupe des badauds, un

20 vieux monsieur, correctement vêtu, répliqua, en russe également :

– Vous avez bien raison. C'est un scandale ! J'étais là ce matin, à dix heures, quand l'ambassadeur soviétique, l'immonde « camarade » Krassine, a fait hisser le drapeau sur le toit. Un orchestre, installé dans la cour, a joué *L'Internationale*. Toute la rue en a

25 profité !

– Oui ! s'écria une dame au visage couperosé, coiffée d'une toque de fourrure. Je n'habite pas loin. J'ai été indignée ! Des voisins ont protesté. Mais les Soviets s'en moquent ! Des voyous ! Et dire que notre cher Nicolas II a résidé dans ces murs, lors de

30 son voyage en France !

Un chauffeur de taxi, la casquette à visière vernie crânement penchée sur l'oreille, à la cosaque*, intervint :

– Il paraît que Krassine a demandé au ministre des Affaires étrangères de France la liste de tous les émigrés russes résidant

35 sur le territoire. Elle lui a été refusée !

– Pour l'instant ! dit la dame. Mais attendez un peu, ils nous repéreront tous ! C'est bourré d'agents secrets, là-dedans !

D'autres Russes, qui étaient venus poussés par une curiosité morbide, se mêlèrent à la conversation. Quelques Français les

40 approuvèrent

– Chaque fois que la France suit l'exemple de l'Angleterre, elle se trompe ! décréta un homme bedonnant qui portait le ruban de la Légion d'honneur au revers de son pardessus.

Puis le groupe se dispersa.

45 – Souviens-toi de cette date, Aliocha, dit Georges Pavlovitch. Le 14 décembre 1924, la France s'est mise à l'heure de l'URSS !

Il avait une voix entrecoupée. Ses yeux étaient chargés de larmes furieuses. Des passants s'arrêtaient encore devant l'ambassade, jetaient un regard au drapeau, hochaient la tête et repar-
50 taient, indifférents. Georges Pavlovitch demeurait sur place, fasciné, comme devant le tombeau de toutes ses espérances. Alexis le prit par le bras et dit :

– Allons-nous-en, papa. Ça ne sert à rien de rester ici.

Ils rebroussèrent chemin. Alexis marchait à souples enjambées,
55 les mains dans les poches. Il comprenait la tristesse de son père, mais ne la partageait pas. Imperméable à la politique, il songeait surtout qu'il eût aimé raconter à Thierry ses impressions devant le repaire parisien des Soviets. Il y avait deux mois que son ami était mort et il souffrait encore de cette disparition comme au premier
60 jour. Par contrecoup, le travail scolaire l'ennuyait. Même en français, ses notes étaient mauvaises. Il lui importait peu de briller, puisque Thierry n'était plus là pour l'applaudir. En vérité, il devait se retenir pour ne pas lui écrire, plusieurs fois par semaine, comme s'il eût été encore vivant, à Saint-Gervais. Emporté par ses pensées,
65 il s'aperçut qu'il avait oublié la présence de son père. Ils allaient du même pas et n'avaient rien à se dire. Qu'est-ce qui était plus grave : perdre sa patrie ou perdre son ami ? Alexis se posa la question et ne sut y répondre.

Ils rentrèrent à la maison sans rompre le silence. Hélène Fedo-
70 rovna était occupée dans la cuisine. Georges Pavlovitch claironna d'un ton sarcastique :

– Eh bien, voilà, nous avons fait une excellente promenade ! Nous sommes allés saluer le camarade Krassine chez lui ! C'est très instructif !

₇₅ Hélène Fedorovna lui prit la main, la porta à ses lèvres et dit :

– Vous n'auriez pas dû…

– Si, si, ma chère. J'aime les situations nettes. Avec ce drapeau rouge sur l'ambassade, une nouvelle ère commence pour nous.

Et il ajouta, avec une fausse gaieté :

₈₀ – Que nous as-tu préparé pour le dîner ? Nous avons besoin de nous remettre, après ces émotions !

À table, il but beaucoup de vodka. Ses yeux étaient humides et anormalement luisants. Au bout d'un moment, il déboutonna son faux col.

₈₅ – J'étouffe, dit-il.

– Tu prends tout trop à cœur, soupira Hélène Fedorovna. Je vais te donner de la valériane.

Elle lui apporta le médicament et il accepta d'en délayer quelques gouttes dans un verre d'eau. Son fils l'observait et lui ₉₀ trouvait l'air tellement misérable qu'il avait envie de le consoler. Mais de quoi ? D'être un Russe émigré, de n'avoir pas d'argent, d'être trop vieux pour rêver d'un avenir meilleur ? Devant cet homme blessé, Alexis avait vaguement conscience que ses parents appartenaient à une génération sacrifiée, alors que lui avait toutes ₉₅ ses chances dans le pays où ils avaient échoué ensemble afin d'y chercher une nouvelle raison de vivre.

On se retrouva dans la cuisine pour faire la vaisselle. L'eau ruisselait, au-dessus de l'évier, sur les mains fines d'Hélène Fedo-rovna. Alexis et son père essuyaient les assiettes, les verres, les cas-₁₀₀ seroles avant de les ranger. Ce faisant, ils échangeaient quelques mots d'une banalité reposante. La répétition de ces paroles, de ces gestes quotidiens agissait sur eux comme une incantation. Le calme revenait dans la maison.

Saisi d'une inspiration subite, Alexis se rendit dans la chambre ₁₀₅ de ses parents. Il y avait là quelques livres russes sur des rayons de bois blanc. Les titres se côtoyaient, en caractères cyrilliques. Il s'arrêta devant *La Guerre et la Paix*. Trois forts volumes à la reliure de toile grise. Il prit le premier tome et retourna dans la salle à

manger. Son père et sa mère sortaient de la cuisine. En le voyant
110 un livre à la main, Hélène Fedorovna demanda :

– Qu'est-ce que tu as là ?

– *La Guerre et la Paix.*

– Tu veux le lire ?

– Oui.

115 Hélène Fedorovna marqua une courte surprise, sourit avec
bonheur, embrassa son fils et proposa :

– Si tu nous en faisais la lecture à haute voix ?

– Je lis très mal en russe, maman !

– Justement, ça t'habituera !

120 – Moi, je serais ravi d'entendre *La Guerre et la Paix*, dit
Georges Pavlovitch. J'ai un peu oublié certaines péripéties de
l'histoire.

– D'accord, répondit Alexis, mais, je vous préviens, ce sera
très pénible pour vous ! Je vais baragouiner…

125 Ils s'assirent autour de la table de la salle à manger, sous la
suspension de cuivre. Hélène Fedorovna avait retiré son tablier.
Elle prit son ouvrage de tapisserie. L'oiseau de feu était presque
terminé. Seules restaient à l'état de projet les serres du volatile
magique. L'aiguille allait et venait au travers du canevas avec une
130 obsédante régularité. Georges Pavlovitch, qui fumait rarement,
avait allumé une cigarette. Les yeux mi-clos, il était déjà en Russie. Alexis ouvrit le livre, et soudain le souvenir de ses conversations avec Thierry lui planta un couteau dans le cœur. *La Guerre
et la Paix*, c'était encore Thierry, c'était avant tout Thierry ! Rava-
135 lant ses larmes, il se lança dans la lecture.

Par extraordinaire, les premières phrases du roman étaient en
français dans le texte : un bavardage mondain, en 1805, dans les
salons d'une certaine Anne Pavlovna Scherer, dame d'honneur
de l'impératrice. Mais aussitôt après on passait au russe. Alexis
140 commença par déchiffrer les mots avec difficulté. Cependant, à
mesure qu'il avançait dans le récit, il prenait de l'assurance. Sa
diction s'affermissait, son œil captait plus rapidement le sens des

lignes imprimées. Un mystérieux accord s'établissait entre sa voix monotone, débitant la prose de Tolstoï, et quelque chose de très chaud et de très précieux, enfoui au plus profond de lui depuis son enfance, à Moscou. Il était à l'aise dans cette langue, il la découvrait, il l'aimait. Au bout d'un moment, il leva les yeux de la page et vit ses parents qui le regardaient avec gratitude.

GLOSSAIRE

■ Léon Tolstoï (1828-1901).

Univers russe

ALIOCHA : diminutif d'Alexis en russe.

ANTÉCHRIST : ennemi du Christ et de sa doctrine. Lénine fut désigné comme l'Antéchrist par les partisans de la « Sainte-Russie » (tsariste et orthodoxe).

ARMÉE ROUGE voir *Rouges*.

BALALAÏKA : luth de forme triangulaire, à trois cordes, employé en Russie.

BATELIERS DE LA VOLGA : la Volga est le fleuve le plus long d'Europe (3 700 km) ; il coule du cœur de la Russie jusqu'à la mer Caspienne (200 affluents). Au XIXᵉ siècle, il devient une artère de première importance pour le transport des hommes, des chevaux, des marchandises et des armes. Les bateaux y sont tirés et conduits par des « bateliers », pour la plupart des moujiks venus des confins de la Russie. Les premiers bateliers apparaissent au XVIᵉ siècle, ils seront près de 300 000 au XIXᵉ siècle. Les chansons lentes et graves des bateliers venaient rythmer et accompagner leurs efforts.

BOLCHEVIKS : se dit des membres du parti ouvrier social-démocrate russe qui se regroupèrent derrière Lénine au congrès de Londres en 1903. Ils prirent le pouvoir par les armes en 1917 (on parle alors de la révolution bolchevique).

COSAQUE : soldat d'un corps de cavalerie russe, recruté parmi les populations nomades ou semi-nomades des steppes de la Russie méridionale. On était cosaque de père en fils. Il existait 11 armées de cosaques qui pouvaient aligner 190 000 hommes. La casquette cosaque était plate et portée légèrement inclinée sur l'oreille.

HUSSARDS NOIRS : soldats de cavalerie légère dont l'uniforme ressemble à celui de la cavalerie hongroise. Dans l'armée impériale russe, vêtue de noir, la tunique portait une tête de mort.

ICÔNE : image sainte peinte sur bois représentant le Christ, la Vierge ou les saints, dans les pays de religion orthodoxe. Des reproductions des icônes les plus fameuses veillaient dans tous les foyers de Russie, une flamme (bougie ou veilleuse) brûlant devant en permanence.

ICONOSTASE : dans les églises de rite orthodoxe, cloison percée de trois portes et ornée d'icônes, derrière laquelle le prêtre officie.

ISBAS : maisonnettes en rondins de bois des paysans russes ; elles étaient composées d'une entrée et d'une pièce principale ; elles étaient chauffées par un poêle en briques qui en occupait tout un angle.

LÉNINE : Vladimir Ilitch Oulianov, dit Lénine (1870-1924). Il prit la tête de la révolution d'octobre 1917. Créateur du parti communiste d'URSS et fondateur de l'État soviétique.

MOUJIKS : serfs, ou paysans russes ; ils appartenaient au propriétaire terrien du lieu, ou au tsar ; on pouvait les vendre ou les acheter avec la terre. En 1861, Alexandre II leur donna la liberté et les autorisa à acheter leur propre terre.

NIANIA : la nounou était souvent une paysanne venue jeune à la ville et dont la vie entière était mise au service des enfants en bas âge d'une même et riche famille ; c'était un personnage indispensable à l'organisation de la vie domestique.

NICOLAS II (1868-1918) : dernier tsar de la dynastie des Romanov, laquelle dirigea la Russie dès 1613 ; succédant en 1894 à son père, Alexandre III, il abdiqua en 1917 et fut exécuté avec toute sa famille en 1918, d'où son nom de « tsar martyr ».

RÉVOLUTION BOLCHEVIQUE voir *Bolcheviks*.

Rouges : Russes « révolutionnaires » ; appartenant au parti bolchevik, ils composèrent l'Armée rouge qui lutta contre les armées blanches. Cette guerre civile (1918 à 1921) vit triompher les « Rouges », mais sera suivie d'une famine et d'une grave crise économique.

Russes blancs : Russes restés fidèles au pouvoir tsariste ; souvent issus de la noblesse ou de la bourgeoise possédante, et appartenant en partie à l'ancienne armée impériale, ils constituèrent des armées blanches (contre-révolutionnaires) pour renverser le pouvoir du parti bolchevik (devenu parti communiste) de 1918 à 1921. La plupart des Russes exilés après 1917 étaient des « Blancs ».

Russie soviétique voir URSS.

Sainte-Russie : Russie des tsars, Russie orthodoxe.

Soviets : assemblées de délégués élus en Russie. Les premiers soviets de députés ouvriers s'organisent au cours des grèves de la révolution de 1905. Lors de la révolution de 1917, des soviets, ou comités d'ouvriers, de paysans et de soldats se constituent dès février. Huit mois plus tard, les bolcheviks transforment ces soviets en organes politiques du nouvel État socialiste. Lénine fut nommé président du conseil des commissaires du peuple, c'est-à-dire chef du gouvernement, après le coup d'État d'octobre 1917.

Tchéka : police politique soviétique créée en 1917 par Lénine, pour briser toute opposition intérieure par le recours à la terreur (ancêtre du KGB.).

Troïka : groupe de trois personnalités politiques. On dit aussi trium-virat. A également le sens de grand traîneau attelé à trois chevaux de front.

Tsar : empereur de Russie ; il avait un pouvoir absolu sur le pays et sur le peuple ; il désignait lui-même le gouvernement et décidait de la paix et de la guerre. Par antithèse, on baptisa Lénine le « tsar rouge ».

URSS : l'Union des républiques socialistes soviétiques, dite aussi Russie soviétique, fut créée par Lénine en 1923 ; c'est sous ces deux appellations que fut désignée la Russie jusqu'en 1991.

Verste : mesure de distance en Russie valant 1 067 mètres.

Cuisine russe

BITKI : boulettes de viandes servies avec de la crème.

BŒUF STROGANOFF : l'un des plats russes célèbres (comme le poulet à la Kiev et la charlotte russe, inventés par des chefs français à la demande de la noblesse russe). Cubes de filet de bœuf longuement mijotés avec des oignons et dont la cuisson est terminée dans une sauce à la crème, avec cubes de pommes de terre sautées et champignons.

BORTSCH : potage au chou, à la betterave et à la viande, servi avec de la crème aigre.

CORNICHONS MALOSSOL voir *Zakouski*.

KISSEL : gelée de fruits.

KOULIBIAK : sorte de tourte à base de poisson, ou de viande, ou de riz, servie chaude.

PIROJKI : petits pâtés chauds farcis de viande, ou de poisson, de champignons, de chou, d'œuf, de pommes.

VODKA : alcool de grain (blé, seigle). En Russie, la vodka est l'une des boissons traditionnelles ; habituellement servie glacée dans de petits verres qu'on boit d'un trait.

ZAKOUSKI : hors-d'œuvre russes servis avant de passer à table : caviar, filets de hareng de la Baltique salés ou marinés, esturgeon fumé, cochon de lait au raifort, saumon froid, saumon fumé, petits pâtés chauds à la viande, au chou, au poisson..., saucisses fumées, fenouil, pommes de terre, cornichons « malossol » (concombres marinés au sel et aux aromates), cèpes marinés ; le tout peut être accompagné d'une rasade de vodka à chaque bouchée.

DOSSIER

Sur la piste d'Aliocha

Dressez la fiche d'identité de notre héros en complétant le tableau suivant.

Nom	
Prénom	
Âge	
Pays d'origine	
Nationalité	
Passeport délivré par	
Date d'arrivée en France	
Nom et prénoms du père	
Nom et prénoms de la mère	
Frères (nombre et prénoms)	
Sœurs (nombre et prénoms)	
Profession du père	
Profession de la mère	
Adresse	
Établissement scolaire fréquenté (nom et adresse)	
Niveau scolaire	
Nom de son ami	
Adresse de cet ami	

L'enfance d'Aliocha

Faites le bon choix.

1. **En Russie, Aliocha passa son enfance...**
   A. à Petrograd
   B. à Moscou

2. **Son père y était...**
   A. propriétaire d'usines de filature et de tissage
   B. architecte

3. **Par leur fortune et leur appui au régime impérial, les Krapivine étaient...**
   A. des « Rouges »
   B. des « Blancs »

4. **Toute l'enfance d'Aliocha fut charmée par les histoires, les dictons, les berceuses populaires...**
   A. de son précepteur français, M. Poupard
   B. de sa nounou, la *niania* Marfa

5. **La révolution bolchevique de 1917, qui entraîna l'exode de milliers de Russes blancs, était dirigée par...**
   A. Nicolas II, le « tsar martyr »
   B. Lénine, le « tsar rouge »

Aliocha, émigré russe à Paris

Recherchez la bonne réponse aux pages indiquées.

1. Le nom du journal russe de Paris lu par M. Krapivine (p. 24, 115, 117) :
   ....

2. Le nom du grand poète russe que la mère d'Aliocha évoque longuement et qualifie d'« ami de tous les Russes » (p. 42) :

....

3. Le nom de la rue de Paris où se situe l'église orthodoxe fréquentée par les Russes blancs, et où la famille Krapivine se rend chaque dimanche matin (p. 43, 61, 91, 103) :

....

4. Le titre du roman de Tolstoï que lit Hélène Fedorovna (p. 35) :

....

5. L'adresse de l'ambassade de Russie, devenue celle de l'URSS, où, le 14 décembre 1924, M. Krapivine amène son fils Alexis en une sorte de pèlerinage d'adieu (p. 122) :

....

6. Le titre du roman de Tolstoï qu'Aliocha lira à ses parents en russe (p. 125) :

....

La langue et la culture d'Aliocha

1. Mettez à leur place dans le texte qui suit les mots suivants :

hussards – balalaïkas – Volga – moujiks

Tout était russe dans le programme, invariablement inspiré par la Russie d'autrefois : chœur des .... noirs trinquant avant le combat, danses paysannes au son des ...., dispute burlesque entre trois .... à la foire, bateliers de la .... clamant leur misère d'une voix puissante et rude.

2. Retrouvez la définition correspondant à chacun des mots de la liste suivante :

vodka – icône – zakouski
iconostase – kissel

A. Image sainte peinte sur bois devant laquelle brûle en permanence une veilleuse ; seul objet ramené de Russie par les Krapivine, elle veille sur le sommeil d'Aliocha.

....

B. Cloison percée de trois portes et ornée d'icônes, derrière laquelle le prêtre officie ; on en trouve dans les églises de rite orthodoxe, comme celle où se rend chaque dimanche Alexis.

....

C. L'une des boissons traditionnelles en Russie ; les amis russes des parents d'Aliocha en buvaient en évoquant le passé.

....

D. Hors-d'œuvre servis avant de passer à table (cornichons malossol, cèpes marinés, harengs de la Baltique...) ; spécialités russes préparées par la mère d'Aliocha pour son camarade Thierry.

....

E. Gelée de fruits ; Aliocha n'apprécie pas ce dessert « tremblotant ».

....

Un peu d'histoire

1. Le dernier tsar de la dynastie des Romanov (règne : 1894-1917) qui fut exécuté avec toute sa famille en 1918, d'où son nom de « tsar martyr », était...

A. Pierre Ier
B. Nicolas II

2. À la mort de Lénine, une « troïka » exerçait le pouvoir en URSS. Elle était composée de...

A. Staline
B. Eltsine
C. Zinoviev
D. Kamenev

3. À la mort de Lénine, les soviets débaptisèrent Petrograd pour l'appeler...

A. Leningrad
B. Saint-Pétersbourg

Reliez chaque événement historique mentionné à la date qui lui correspond.

l'Angleterre reconnaît l'URSS •

mort de Lénine •

les élections donnent une majorité
au cartel des gauches •

la France reconnaît l'URSS •

mort et obsèques nationales
d'Anatole France •

l'ambassadeur soviétique Krassine
fait hisser le drapeau rouge sur le toit •
de l'ambassade de l'URSS à Paris

• 21 janvier 1924
• 31 octobre 1924
• mai 1924
• 13/18 octobre 1924
• 3 février 1924
• 14 décembre 1924

Une vie d'adolescent

Indiquez l'ordre d'apparition des moments importants de la vie d'Aliocha en 1924.

1. Aliocha assiste aux obsèques nationales d'Anatole France.
2. Première visite au Louvre ; Aliocha est ému par *La Source* d'Ingres.
3. Il se lie d'amitié avec un camarade de lycée, Thierry Gozelin.
4. Il est deuxième en français.

5. Aliocha est invité à passer l'après-midi du dimanche chez Thierry.
6. Aliocha triomphe en expression libre avec *Les Djinns* de Victor Hugo.
7. Aliocha fait la connaissance de Gisèle, la cousine de Thierry ; premières rêveries amoureuses.
8. Thierry Gozelin est invité à déjeuner chez les Krapivine.
9. Aliocha connaît son « premier chagrin d'homme » : Thierry meurt d'un œdème pulmonaire, après avoir fait une chute dans un torrent.
10. Aliocha passe « ses premières vraies vacances » françaises, à Saint-Gervais, avec Thierry et sa famille.

Ordre : ....

1924, l'année d'une grande amitié

1. Complétez le texte en choisissant parmi les mots suivants :

tes origines – ta pauvreté – ma richesse
mon infirmité – Baudelaire – Maupassant
Montaigne – La Boétie – mensongères
franches – protocolaires – chaleureuses

« Nous sommes deux êtres à part. Nous n'avons rien de commun avec les autres. Toi à cause de ...., moi à cause de .... La vie ne nous séparera jamais. » Thierry évoqua l'amitié entre .... et .... « Des types dans notre genre ! », annonça-t-il avec un grand rire. Alexis songea que l'ironie de Thierry cachait un fond de vérité : leurs relations, si ...., si ...., étaient comme celles de .... et ...., incompréhensibles au commun des mortels.

2. Retrouvez l'inscription qui, sous l'horloge du campanile du lycée Pasteur, apparaissait d'abord à Aliocha comme « une vérité de La Palice » (chapitre I), et qui, après la mort de Thierry, « le terrifiait comme une formule maléfique » (chapitre XIV).

....
....

Sports et loisirs

1. Deux grandes activités sportives ont eu lieu en France, en 1924 :

    A. la Semaine internationale des jeux d'hiver de Chamonix
    B. la Coupe du monde de football
    C. les jeux Olympiques de Paris

2. Quatre danses étrangères à la mode dans les années 1920 faisaient la joie de la cousine de Thierry et de ses amis au casino du Fayet.

    A. le paso doble
    B. le rigaudon
    C. le shimmy
    D. le tango
    E. le one-step

À la rencontre de la littérature

1. Attribuez chaque œuvre évoquée par Alexis et Thierry à son auteur.

Les dieux ont soif •	• Victor Hugo
Le Blé en herbe •	• Léon Tolstoï
Les Djinns •	• Colette
Plain-Chant •	• Lautréamont
Crime et Châtiment •	• Dostoïevski
Le Bateau ivre •	• Alfred de Vigny
La Mort du loup •	• Arthur Rimbaud
La Guerre et la Paix •	• Anatole France
Pêcheurs d'Islande •	• Jean Cocteau
Les Chants de Maldoror •	• Pierre Loti

2. Découvrez des éléments de la vie de l'homme de lettres élu par Aliocha et Thierry comme leur « écrivain fétiche », en sachant que chaque chiffre représente une lettre et que le même chiffre correspond toujours à la même lettre (vous pouvez vous aider du livre).

I	son prénom	1 **A**	2	1	3	4	5	6	✖	✖	✖	✖	✖	✖
II	son nom d'écrivain	7 **F**	8	1	2	9	6	✖	✖	✖	✖	✖	✖	✖
III	pour lui *Les ...... ont soif*	10	11	6	12	13	✖	✖	✖	✖	✖	✖	✖	✖
VI	il a reçu ce très grand prix	2	4	14	6	5	✖	✖	✖	✖	✖	✖	✖	✖
V	il a écrit *L'Affaire ......*	9	8	1	11	2	15	12	6	14	11	5	5	6
VI	mois de sa mort en 1924	4	9	3	4	14	8	6	✖	✖	✖	✖	✖	✖
VII	son véritable nom	3	16	11	14	1	12	5	3	✖	✖	✖	✖	✖
VIII	quai de Paris où se déroulèrent ses obsèques	17	1	5	1	15	12	1	11	18	✖	✖	✖	✖

Mots d'époque

Comment diriez-vous aujourd'hui...

1. « ... ramassant cahiers et bouquins, les pliant dans son sous-cul de tapisserie. » (p. 21) ?

....

2. « Déjà le concierge battait le tambour. » (p. 26) ?

....

3. « ... le lendemain était un jeudi. Il n'avait pas classe. » (p. 29) ?

....

4. « ... M. Colinard... tapa le rebord de sa chaire avec une règle. » (p. 36) ?

....

5. « Plongé dans les gazettes du matin... » (p. 60) ?

....

6. « Il tenait sous son bras le gilet de laine, roulé en tapon. » (p. 89) ?

....

Écrivains

Dressez la liste des vingt-quatre écrivains cités dans le roman ; créez un bref dictionnaire (biographie – bibliographie) de ces auteurs.

Notes et citations

Notes et citations

Notes et citations

Les classiques et les contemporains
dans la même collection

Les anthologies dans la même collection

Charles Gruton 3/0

Création maquette intérieure :
Sarbacane Design.

Composition : IGS-CP.

GF Flammarion

08/10/141795-X-2008 – Impr. MAURY Imprimeur, 45330 Malesherbes.
N° d'édition L.01EHRN00015C002 – septembre 2007 – Printed in France.